读客中国史入门文库

顺着文库编号读历史，中国史来龙去脉无比清晰！

猪八戒是哪八戒

一本书讲透《西游记》里精深的儒释道文化！

卞恒沁　著

文汇出版社

图书在版编目（CIP）数据

猪八戒是哪八戒 / 卞恒沁著. -- 上海 ： 文汇出版
社，2023.10

ISBN 978-7-5496-4090-4

Ⅰ．①猪… Ⅱ．①卞… Ⅲ．①《西游记》研究－通俗
读物 Ⅳ．①I207.41-49

中国国家版本馆CIP数据核字(2023)第128782号

猪八戒是哪八戒

作　　者 / 卞恒沁

责任编辑 / 徐曙蕾
特约编辑 / 周诗佳　　黄巧婷　　乔佳晨　　徐贤珉
封面设计 / 余展鹏　　王　晓

出版发行 / 文匯出版社
　　　　　　上海市威海路 755 号
　　　　　　（邮政编码 200041）
经　　销 / 全国新华书店
印刷装订 / 三河市龙大印装有限公司
版　　次 / 2023 年 10 月第 1 版
印　　次 / 2025 年 2 月第 4 次印刷
开　　本 / 880mm×1230mm　　1/32
字　　数 / 176 千字
印　　张 / 8.5

ISBN 978-7-5496-4090-4
定　　价 / 39.90 元

目　录

01

《西游记》的作者是谁？

"欲知造化会元功，须看《西游释厄传》。"

位列中国古典四大名著之一的《西游记》，作者为谁居然一直众说纷纭。不过这也并不奇怪，中国古典小说的作者经常不清不楚。《水浒传》的作者究竟是施耐庵，还是化名"实乃俺"的罗贯中？《封神演义》的作者究竟是文人许仲琳，还是道士陆西星？《金瓶梅》的作者兰陵笑笑生又究竟为谁？至今没有定论。毕竟在中国古代，"小说"是不登大雅之堂的东西；文人写小说，还要藏着掖着，不想让人知道。《西游记》的作者想必也是如此。

《西游记》的作者为谁，至少有三种说法：吴承恩说、李春芳说和丘处机说。这三种说法，又正好对应着《西游记》的三重属性。

吴承恩说，对应着《西游记》的文人小说属性。

李春芳说，对应着《西游记》的政治讽喻属性。

丘处机说，对应着《西游记》暗喻修行的"丹道"属性。

我们先来看"吴承恩说"。其实，吴承恩这个人原本没什么名气，到近代才被认定为《西游记》的作者。谁认定的呢？这两位的名声很大：一位是鲁迅，另一位也是鲁迅……哦不对，另一位是胡适。

鲁迅和胡适认定吴承恩是《西游记》的作者，理由有二：

第一，明朝的《淮安府志》中明确说，本地有一个叫吴承恩的人，写过一本书，名叫《西游记》。

第二，吴承恩是淮安人，而《西游记》中有大量淮安方言。比如书中第二十回："那老儿才出了门，挽着妈妈道：'婆婆起来，……带男女们家去。'"这里的"家去"意思是"回家"，疑似"去家"的倒装，或是"回家去"将"回"省略。这是淮安方言乃至江淮官话的一种特殊用法。《西游记》中类似的淮安方言还有不少。

两点依据相互比照，鲁迅和胡适就此认定《西游记》作者为吴承恩，这从此成为《西游记》作者的通说。虽然这充其量只是一种推断，不构成完整的证据链，但"吴承恩说"反映了《西游记》的第一重属性：文人小说。这也是明清小说最常见的属性，即由受教育阶层中的相对落魄者进行文学创作。吴敬梓作《儒林外史》，蒲松龄作《聊斋志异》，都是典型案例。

我们再来看"李春芳说"。李春芳是嘉靖二十六年（1547年）的状元，又当过隆庆年间的内阁首辅，被称为"青词宰相"，因为他擅长写青词——道士祭告"天神"时用的奏章祝文。他写青词是因为嘉靖皇帝深信道教。而根据学者沈承庆先生的考证，李春芳还可能是《西游记》的真正作者。

明清时期刊刻的《西游记》一般没有作者的名字，但有"华阳洞天主人校"的字样。这个负责校对的华阳洞天主人是谁呢？"华阳"就是江苏句容的古称；华阳洞天，一般认为是指句容的一座道教名山——茅山。李春芳出生在江苏兴化，祖籍却在江苏句容；晚年又确实曾经在茅山，跟随一位叫闫希言的道士修道。所以，李春芳就是这位华阳洞天主人的可能性很大。

《西游记》本身的很多情节不太可能是吴承恩这样一个落魄秀才能写出来的。首先，《西游记》中好几位国王都有嘉靖皇帝的影子，比如亲近全真道士反被推到井里的乌鸡国国王，再比如崇信三位妖怪国师的车迟国国王。其次，《西游记》里还出现了不少明朝政府机构名。比如朱紫国有一支部队叫"夜不收"，这是明朝对间谍部队的称呼；孙悟空曾经在御马监工作，御马监也是明朝的机构名。类似这些事情，吴承恩熟稔的可能性不大；而李春芳对此了如指掌，那并不奇怪。再有就是，《西游记》里有很多阳明心学的思想，李春芳又正好是王阳明的信徒。所以，《西游记》的真正作者可能是李春芳，李春芳就是这位华阳洞天主人。之所以只署名是校对，不说是作者，可能是因为当时写小说是一件上不了台面的事情，李春芳不想让别人知道。

有趣的是，李春芳和吴承恩又是朋友。李春芳在自己的文集《贻安堂集》里面说，吴承恩和自己多次见过面。吴承恩也留下来一篇文章叫《元寿颂》，说李春芳帮自己谋得了长兴县丞的官职。可见，李春芳和吴承恩的关系不简单。

所以《西游记》的作者问题也存在这样一种可能性：李春芳和吴承恩共同创作，但李春芳拒绝署名——毕竟内阁首辅写小说，此事不足为外人道。因为吴承恩也参与了创作，所以《淮安府志》才留下了他创作《西游记》的记录。

如果李春芳确实也是《西游记》的作者之一，那么便不难理解为什么《西游记》中有浓厚的政治讽喻色彩。除了多次影射嘉靖皇帝，《西游记》中还暗藏明朝的史事。比如：乌鸡国国王死后三年复位，暗指明英宗朱祁镇被软禁之后又发动"夺门之变"重登大宝；黄袍怪将唐僧变成猛虎，暗喻朱棣在靖难之役后制造冤案。这些在本书中都会有详细讨论。

关于《西游记》的作者，还有一种说法，那就是"全真七子"之一的丘处机。这种说法由清代顺治年间的学者汪象旭提出。汪象旭自号"残梦道人"，他主张丘处机为《西游记》作者的理由有四：

第一，《西游记》中暗含儒、释、道"三教合一"的宗旨，而这正是全真教的思想主张。

《西游记》中三教熔于一炉，这在孙悟空的师父菩提祖师身上有集中体现。下一篇我们还会细讲。而全真教也主张三教合一，王重阳曾有诗云："儒门释户道相通，三教从来一祖风。"《西游记》的基本宗旨与全真教相同。

第二，《西游记》中大量谈及内丹修炼，这是《西游记》

研究者的共识。《西游记》中经常出现"金公""木母"等暗语，这些都是内丹修炼术语。如全书第十九回中，写孙悟空降伏猪八戒，有诗为证：

> 金性刚强能克木，心猿降得木龙归。
> 金从木顺皆为一，木恋金仁总发挥。

这首诗其实是一段内丹理论，书中这样的桥段还有不少。而内丹修炼正是全真教的宗旨之一。全真教反对用铅、汞（水银）等有毒金属进行外丹修炼，而主张内丹修炼，"把人身比作外丹所用的鼎炉，以身中之精气为药物，以神为运用的火候，使精气神凝聚不散而结为金丹"（《悟真篇浅解》）。《西游记》对内丹的推崇与全真教一致。

丘处机曾应成吉思汗邀请到访西域，对西域的风土人情有所了解，这可能是《西游记》的写作基础。成吉思汗西征期间，为修习长生之道，曾邀请丘处机前来叙谈。七十二岁高龄的丘处机不辞劳苦，从山东出发，一路西行，最后到达兴都库什山（今阿富汗境内），劝诫成吉思汗清心寡欲，不要滥杀。这就是道教史上"一言止杀"的故事。丘处机西行的路线，与唐僧取经的路线有部分重合。民间也传说丘处机有《西游记》传世。

丘处机的《邱祖全书》中有旁证："紫阳翁，悟真篇，尽把参同奥旨宣；《西游记》，邱祖传，指示真经在西天。"这里的"指示真经在西天"，说的显然就是我们熟悉的《西游记》。而"紫阳翁，悟真篇"，说的是北宋时期的著名道士紫阳真人张伯端，他在《西游记》中也有登场：第七十一回朱紫国的故事中，有仙人送给金圣宫娘娘五彩霞衣，穿上浑身长刺，令妖怪无法近身。这位送霞衣的仙人，就是紫阳真人张伯端。

然而，主张《西游记》作者为丘处机，终究无法回避一个问题：《西游记》中出现的大量明朝官职、机构名称，宋末的丘处机如何得知？清人纪晓岚的《阅微草堂笔记》中就有这么一个故事：

一户姓吴的人家请人扶乩占卜，结果真有大仙降临，自称是丘处机。家中客人就问丘大仙："《西游记》真的是仙师所作，用来讲述金丹奥旨的吗？"答曰："是。"客人又问："那么书中祭赛国有锦衣卫，朱紫国有司礼监，灭法国有东城兵马司，唐太宗手下有太学士，翰林院有中书科，都是明朝制度，你是宋人，如何得知？"丘大仙无言以对，只好逃之夭夭了。

可见，丘处机写作《西游记》的说法，存在难以解释的硬伤。那么《邱祖全书》中出现的"指示真经在西天"，又作何解？

对此，澳大利亚国立大学的柳存仁教授曾有一推论：在明代《西游记》定本之前，元代就已出现了一个深受全真教影响的《西游记》底本。这个底本可能出自丘处机之手。

无论《西游记》作者是否为丘处机，有一点终究无法回避：《西游记》与全真教和内丹修炼密切相关。这些关联，我们后面也会讨论。

　　总而言之，针对《西游记》作者的吴承恩说、李春芳说和丘处机说，反映的是《西游记》涉及文人小说、政治讽喻和内丹修炼的三重属性。或许，《西游记》本身就是一部历史层累的集体创作，是多人心血的璀璨结晶。作为一部小说，竟有如此多的维度，这也是《西游记》的魅力所在。关于其多重维度，本书将在接下来的内容中徐徐展开。

02

孙悟空的恩师菩提祖师到底是谁？

孙悟空有一位授业恩师，大号"菩提祖师"。他在《西游记》原著里一直很神秘，来历不明，但神通广大。而且孙悟空拜别他以后，他就再也没有出现。于是就产生一种阴谋论说法，说菩提祖师其实就是如来佛祖；菩提祖师培养孙悟空，就是为了让他去大闹天宫，给灵山插手天庭事务创造机会。

这种说法，逻辑上虽然还算自洽，但证据实在不足，所以最多也就是一家之言。这里我将从三个角度，来揭示关于菩提祖师的真相。

第一个角度是菩提祖师的名号和做派。这里需要回应一个说法，即菩提祖师其实叫须菩提祖师，"菩提祖师"只是简称。这样说的理由是：原著里，孙悟空在求学过程中遇到一个樵夫，樵夫给他指路，说"那洞中有一个神仙，称名须菩提祖师"。于是有人就说：你看这里不都明明白白写着"须菩提祖师"五个字吗？

其实这就要看你如何断句了，有两种断句方法：

第一种，樵夫说的是"称名／须／菩提祖师"。"须"是"应当"的意思，这句话的意思是：你应当称呼他为"菩提祖师"。类似的语法在《西游记》里经常出现，比如书里还有一句叫"打破顽空须悟空"，就是说：要打破顽空，就应当先领悟空性。这里的"须"也是"应当"的意思。毕竟在《西游记》全书中，"须菩提祖师"只出现了这么一次，缺乏后文的照应。而且在梵语里面，"须菩提"和"菩提"是不相干的两个词。须菩提拼成"subhūti"，意思是善现，就是善于发现真相。菩提拼成"Bodhi"，意思是智慧和觉悟。"菩提"和"须菩提"两个词，前者也不可能是后者的简写。

第二种，樵夫说的确实是"称名／须菩提祖师"。虽然在梵语中，"菩提"和"须菩提"压根儿就不是一个词，但《西游记》的作者大概不懂梵语，把"须菩提"简写成"菩提"也有可能。而且释迦牟尼确实有一个弟子叫须菩提，号称"解空第一"。据说须菩提出生当天，家中的财产都不翼而飞。父母忧心不已，当地相师却说："这是吉兆，令郎出生当日，家中财产一空，说明令郎将来可以觉悟空性。"须菩提后来拜入释迦牟尼门下，终成正果。须菩提解空第一，于是给弟子取名"悟空"，这也可能是对佛教故事的化用。

不过，菩提祖师究竟名为"菩提"还是"须菩提"，其实并不重要。重要的是，在他身上寄托着《西游记》作者的理想，即儒、释、道"三教合一"。

菩提祖师给人的第一感觉是像道教神仙，因为他教给孙悟空的都是道教法术。所以在电视剧《西游记》[1]中，他也是一个道士的装扮。但"菩提"这两个字又确实来自佛教，而且菩提祖师在原著里的出场诗（第一回）也体现了他的佛教特征：

> 大觉金仙没垢姿，西方妙相祖菩提。
>
> 不生不灭三三行，全气全神万万慈。
>
> 空寂自然随变化，真如本性任为之。
>
> 与天同寿庄严体，历劫明心大法师。

诗中第一句就已经体现了佛教特征。所谓"大觉金仙"，看似是神仙，其实是宋徽宗对"佛"的称呼。《宋史·徽宗纪四》："宣和元年春正月戊申朔……乙卯，诏：'佛改号大觉金仙，余为仙人、大士。僧为德士，……'改女冠为女道，尼为女德。"宋徽宗把佛教的称谓都改了一遍，是因为他崇道抑佛。诗中称菩提祖师为"大觉金仙""西方妙相"，都是在渲染他的佛教色彩。后面的"空寂""真如"，也都是佛家语。这样看来，菩提祖师是一个佛、道混合的世外高人。

但其实菩提祖师身上又有儒家的特征。比如孙悟空初见菩提祖师，原著里说："那祖师即命大众引孙悟空出二门外，教他洒扫应对，进退周旋之节。"（第二回）也就是教给他一些为人

---

1 本书所说的电视剧《西游记》，均指央视播出的1986年版《西游记》。

处世的礼仪，这是儒家教育学生的方式。理学宗师朱熹的《大学章句序》里就说："人生八岁，则自王公以下，至于庶人之子弟，皆入小学，而教之以洒扫、应对、进退之节……"菩提祖师教育孙悟空的方式，就是儒家教育八岁小孩的方式。所以，菩提祖师身上有儒、释、道三家的特征。这其实和《西游记》的主旨，即"三教合一"有关。那这三教要怎样合一呢？我们再来看第二个角度。

第二个角度是菩提祖师的道场。这个道场叫什么，书里说得很明白——"灵台方寸山，斜月三星洞"。这个地名，其实藏着一个字谜。"灵台方寸山"，"灵台"就是人心，鲁迅先生有一句诗："灵台无计逃神矢。"这里其实借用了古希腊爱神向人心射箭的典故，意思是：我的内心躲不开神射来的箭啊！那"方寸"呢，"方寸"也是人心，因为人心只有一寸见方那么大。所以说一个人的心乱了，就叫方寸大乱。"灵台方寸"，就是人心。

那"斜月三星洞"是什么呢？我们来写一个字，先是一个斜月钩，然后是三个点。你看，这还是一个"心"字。所以，"灵台方寸""斜月三星"，其实都是人心。三教合一，最后归于人心。这种思想是怎么来的呢？我们再来看第三个角度。

第三个角度是《西游记》的创作背景。《西游记》成书于明朝中后期，这也是阳明心学的兴盛时期。阳明心学讲的是世间智慧，俱在我心，无须外求。有什么疑惑，就去问自己的本心。《西游记》第八十五回里有一首诗，就是在说这个道理：

> 佛在灵山莫远求，灵山只在汝心头。
>
> 人人有个灵山塔，好向灵山塔下修。

你看，"灵山只在汝心头"，无须外求。孙悟空正是在心上修炼，所以他修炼的地方才叫"灵台方寸""斜月三星"。而且，阳明心学也主张三教合一。王阳明自己虽然是儒家士大夫，但经常跟和尚、道士在一起聊天；甚至他新婚当晚都跑去跟一个道士聊人生了。所以，《西游记》也坚持了三教合一的观点，菩提老祖就是三教合一的化身。

说到底，菩提老祖是谁其实不重要，重要的是他身上寄托了回归本心和三教合一的思想，给读者留下了想象空间。在我个人的想象中，或许菩提老祖只是孙悟空的幻想，或者说就是孙悟空的内心。孙悟空只是孤独地在一个偏僻的山林中自我修炼，饿了渴了，就吃山里的野桃。最终他觉悟本心，才掌握了神通。为什么菩提老祖后来再未出现？因为他从未存在。这个过程很像王阳明一个人在龙场的一个山洞（后称阳明洞）里悟道，最终创立心学。因为孤独，孙悟空幻想出了菩提老祖这个亦师亦父的形象。为什么会像父亲？因为孙悟空无父无母，于是他会虚构一个父亲。这个现象也发生在孔子身上，他自幼丧父，经常梦见周公，也许周公正是他虚构出来的父亲。

总之，菩提老祖代表孙悟空的内心，或许也是他永远的精神寄托。毕竟他后来的经历，并不那么美好。你看那："十世比丘不识真经，齐天大圣难逃掌心。猪面天蓬一路西行，到头来只管坛净。西海白龙做个脚力，卷帘天将指河为姓。不知离了灵台方寸，何处是斜月三星？"

03

《西游记》里的妖，为什么比人更深情？

《西游记》的读者或其电视剧版的观众可能会被一个细节触动，那就是妖怪的"痴情"。

比如在朱紫国抢走金圣宫娘娘的妖怪，大名金毛犼（hǒu），自称赛太岁，本是观音菩萨的坐骑。赛太岁虽然是妖怪，但在金圣宫娘娘面前，却听话得像一个一百多斤的孩子。金圣宫和孙悟空串通起来，要骗赛太岁的宝贝紫金铃。要知道，紫金铃是赛太岁的贴身宝贝，书里说"只是带在腰间，行住坐卧，再不离身"（第七十回）。但只要金圣宫开口一求，赛太岁二话不说，马上就给她了。给她的时候，赛太岁还很贴心地说："这个东西也不算什么宝贝，你拿去就是了。只是要仔细收着，切莫摇晃。"

金圣宫娘娘后来转手就把紫金铃给了孙悟空，赛太岁又把紫金铃抢了回来。这时赛太岁根本没有埋怨金圣宫，甚至问都没问，又把紫金铃交给金圣宫保管，还说了一句："这次你收好了，一定要仔细点，别跟上次一样。"这个时候的赛太岁，简直就是个被爱情冲昏头脑的"憨憨"。

《西游记》里类似的妖怪还有不少，这里就不细说了。其实这种情况并非《西游记》独有，其他故事里也不少。比如冯梦龙《警世通言》里的《白娘子永镇雷峰塔》，也就是我们熟悉的《白蛇传》传说。这个故事里，白娘子痴心一片，作为人类的法海却冷酷无情。在蒲松龄的《聊斋志异》中，这种差别就更明显：狐仙们大多古灵精怪，且又情感真挚，比如娇憨天真的婴宁、有情有义的娇娜；人类的世界却黑暗、污浊。

那问题就来了：为什么中国古典小说里面，妖怪往往深情，人类反而无情呢？

请注意，这涉及中国哲学里的一个核心问题，那就是"性即理"和"性即情"的问题。不夸张地说，搞清楚这个问题，你对中国文化的理解就可以前进一大步。

中国文化里有三个很重要的概念：性、理、情。性就是人性，也就是人类的自然本性。理就是天理，指的是一个绝对真理，代表至善。而情就是指我们人类与生俱来的情感。

中国哲学特别关心人性论，因为对人性的判断决定了应当如何对待人民、管理人民、教育人民。人的本性到底是真理的显现，还是情感的释放？这是中国文化中始终存在的一组对立。

这组对立的一端是"性即理"，又叫理本论，认为人性的基础是天理，只是被各种情欲遮蔽；一个人应该尽量用天理去规范自己的情感，消灭过分的欲望，才能让自己达到至善的境界。这就是我们熟悉的"存天理，灭人欲"。其实，"性即理"，在理想状态中是好的；但它要用一个外在的天理去管束人的内心，这个天理的解释权归谁呢？天理还要求消灭过分的欲望，那怎样才算过分呢？如果这些问题不能有一个合乎正义的答案，那么"性即理"的观点，就会变成对人的压迫。用清朝大学者戴震的话来说，这就叫"以理杀人"。

《西游记》里并不乏"以理杀人"的故事，它要求一个有血有肉的凡人节制甚至消灭欲望，脱离肉体凡胎，结出精神上的"圣胎"。唐僧抵达灵山前夕，在凌云渡看到自己的尸体顺着河流飘下，还要接受徒弟们和艄公的道贺："那个是你！是你！""可贺！可贺！"有何可贺？人欲灭尽，脱却人身，终成"正果"。

那么和"性即理"相对立的观点是什么呢？是"性即情"，又叫情本论。这一派观点认为，人性的基础本来就是各种情感，人应当让自己的情感能够自然释放。有了情感的自然释放，才有了活泼的世界、动人的艺术。《牡丹亭》的作者汤显祖，就是典型的情本论者。所以《牡丹亭》里说："情不知所起，一往而深。"

请注意，汤显祖这里说的"情"，不是"皮肤滥淫"、低俗肉欲，而是一种人与生俱来的赤子之心；它内在蕴含了真善美，庄严而不失情趣，自由而不失节制。

这样说，你可能会觉得有些抽象。其实"情"就是"天理"和"人欲"加起来除以二，得到的一个中间值。曹雪芹在《红楼梦》里对此有一个经典描述叫"正邪两赋"。"正"代表天理，"邪"代表人欲，而调和天理和人欲的就是"情"。"正邪两赋"，因情而生之人，"若生于公侯富贵之家，则为情痴情种；若生于诗书清贫之族，则为逸士高人"（《红楼梦》第二回）。因情而生的典型人物有陶渊明、阮籍、嵇康、唐伯虎等。他们既有自由的情感，又有高尚的节操。那种无拘无束、让内心的高尚情感喷薄而出的状态，用苏轼的一句词概括，就是"谁怕？一蓑烟雨任平生"。

我们再倒回去看《西游记》。《西游记》其实更接近理本论，它讲的是一个人该如何去除情欲，镇压心魔，最后功德圆满。《西游记》里的妖怪本就代表人的情欲，所以他们身上没有天理的束缚，只有情感的自然释放。现代人看来，就会觉得妖怪们反而更加深情。比如《西游记》里有七个蜘蛛精的故事，为什么一定是七个？那一回叫"盘丝洞七情迷本 濯垢泉八戒忘形"，七个蜘蛛精，代表的其实是人的七情：喜、怒、哀、惧、爱、恶、欲。这些都是要被消灭的。所以，电影《大话西游》对《西游记》的最大改编，就是把"理本"改成了"情本"。在《大话西游》里，爱情才是第一主题。

前面我们还提到《白蛇传》，《白蛇传》话本小说的作者冯梦龙，是一位情本论者。他认为，天地若无情，不生一切物，情是万物的根本。所以，在他笔下的《白蛇传》里，许仙和白娘子的爱情才是第一位的；至于人妖之别，并不重要，无非人是人他妈生的，妖是妖他妈生的，这又有什么大不了的呢？关于理本和情本，就讲到这里。

04

孙悟空的原型是谁？

孙悟空是中国文学中最大的IP[1]之一，中国人没几个不知道孙悟空的。文学创作一般都讲人物原型，那孙悟空有没有原型呢？有。但是关于孙悟空的原型到底是谁，文学史上有很多争论。

孙悟空的原型分为两种：第一种是神话原型，第二种是现实原型。神话原型，就是说在别的神话里面，也有跟孙悟空类似的形象，后来被《西游记》的创作者借鉴了。现实原型，就是说历史上真的存在和孙悟空身份类似的人，而且被孙悟空的创作者借鉴了。这些原型融合在一起，就变成了我们熟悉的齐天大圣孙悟空。

先说神话原型。为了这事，民国时期还有两位大学者打过笔仗，一位是鲁迅，另一位是胡适。鲁迅先生认为，孙悟空的神话原型是淮河流域的水怪无支祁。古本《山海经》里描述

---

1 IP（Intellectual Property）：直译为"知识产权"，可以理解为知名文学、影视、动漫、游戏等作品的统称。

无支祁的长相是"形若猿猴，金目雪牙"。据说无支祁曾经在淮河兴风作浪，弄得淮河沿岸洪灾泛滥。后来大禹打败了无支祁，把他镇压在淮河下游的龟山脚下。这个故事和孙悟空大闹天宫，被如来压在五行山下的故事如出一辙。《西游记》里孙悟空的金箍棒，本是大禹治水时用来测量水深的天河定底神珍铁。这其实也是在致敬无支祁的传说，照应了无支祁和大禹之间的关系。

鲁迅的这个观点，听上去还是挺有道理的。那我们再来看看胡适的观点：胡适说孙悟空的原型是印度神话里的神猴哈奴曼。哈奴曼这个形象出自印度的神话史诗《罗摩衍那》，"衍那"在梵语中意思是冒险的故事，"罗摩衍那"的意思就是罗摩历险记。这本书在印度的地位，相当于《西游记》在中国的地位。神猴哈奴曼是风神和一个转世为猴的天宫歌女所生，天生力大无穷，又跟随三大主神之一的梵天学习本领，学成之后可以腾云驾雾，还能随意变化；而且他曾经吃下龙珠粉，练就不死之身。这些特征都和孙悟空非常相似。更关键的是，哈奴曼还曾有一个光荣事迹：大闹无忧树园。这个故事说的是：哈奴曼偷吃了无忧树园的果子，被人发现了，于是一怒之下，捣毁了整个无忧树园。这和孙悟空大闹蟠桃园的故事非常相似。所以胡适认为，哈奴曼才是孙悟空的原型。

其实，孙悟空的形象，可能和中国的无支祁、印度的哈奴曼都有关。《西游记》的孙悟空诞生在花果山，一般认为，花果山的原型在江苏连云港附近，距离当年无支祁被镇压的地方也不远。同时，孙悟空的经历和本领，与哈奴曼也有很多相似之处。

其实，除了无支祁和哈奴曼，孙悟空还有一个被胡适和鲁迅共同忽视的神话原型。

据说，考古学家曾在福建省顺昌县的宝山之上发现了所谓的"齐天大圣墓"，墓中有两块墓碑，一书"齐天大圣"，一书"通天大圣"。根据考证，此墓修建于宋、元之际，早于《西游记》最终成书的明代。那这里的"齐天大圣"到底是谁呢？

宋代有一个话本故事《陈巡检梅岭失妻记》（这个故事后来被明代的冯梦龙修改后，收在其小说集《喻世明言》中，叫《陈从善梅岭失浑家》）。话说宋徽宗年间有一个叫陈从善的人，从东京汴梁（今河南开封）出发，去广东南雄做官。他带着老婆，路过江西境内的梅岭，忽然老婆就被劫了。而且劫走他老婆的还不是人，是一只猴精，自号申阳公，又号齐天大圣。这猴精还有两个兄弟，分别自号通天大圣和弥天大圣。陈从善的老婆被齐天大圣抢走，他束手无策。三年后，陈从善遇上了紫阳真人，拜托紫阳真人帮他打败齐天大圣，救回了他老婆。

这个话本又有一个前身，即唐代传奇《补江总白猿传》。故事和宋代话本大同小异，说的是唐朝将领欧阳纥率军经过福建长乐，妻子被一只白猿劫走。欧阳纥进山搜寻，最后手刃白猿，夺回妻子。在这个故事中，白猿颇有神通，可以"半昼往返数千里"，这已经初露后世孙悟空的峥嵘。

从唐代传奇的白猿，到宋代话本的申阳公"齐天大圣"，其间埋藏着一条明显的线索，似乎比无支祁、哈奴曼更为接近孙悟空的原型。前文提到福建顺昌的"齐天大圣墓"，应当是民间为了致敬这一传说所建，毕竟《补江总白猿传》的故事发生地也在福建。不过，无论是白猿，还是申阳公，都是一只以夺人妻子为乐的淫猴。若《西游记》真的将淫猴改造成了不近女色的齐天大圣，则是一个重大的创作突破。

除了神话原型，孙悟空还有现实原型，而且有两位。第一位名叫石槃陀，这个名字出现在记录玄奘法师生平事迹的《大慈恩寺三藏法师传》里。书里说，玄奘法师从长安（今陕西西安）一路西行，到达瓜州（今甘肃瓜州县）附近的时候，收了一位徒弟，也就是石槃陀。石槃陀本是强盗出身，听玄奘法师讲经被感化，于是拜他为师，保护他西行。当他们经过疏勒河附近的时候，石槃陀反悔了。因为玄奘西行取经的行为，在小说里是受唐太宗的指派，在历史上却属于非法偷渡。当时唐太宗正在筹划西部边境的战事，下令封锁边界。所以玄奘一路上都得设法绕过边关，避开检查。石槃陀一路走得提心吊胆，怕自己被连累，所以用刀威胁玄奘，让他向东原路返回。玄奘意志坚定，严词拒绝，还分了些行李给石槃陀，最终两人好聚好散。石槃陀是胡人，出家以后就是"胡僧"，和"猢狲"谐音。加上他毛发比较浓密，从现在的一些壁画上看，确实有几分像猴子。所以石槃陀是孙悟空的现实原型之一。

另一个现实原型，名叫车奉朝。车奉朝是唐玄宗时代的人，他出生时玄奘法师已经去世很久了。那他怎么会成为孙悟空的原型呢？他本是唐朝的将领。唐玄宗在位时，一个西域小国派使节来朝拜，唐玄宗招待了使节，并派了四十多人护送他回国。车奉朝就是其中的一员。一行人到达那个小国，但准备返回的时候，车奉朝得了马瘟，只能留在当地。所以，孙悟空后来在天庭当过弼马温，可能也和这个故事有关。弼马温谐音"辟马瘟"，就是去除马瘟的意思，所以是养马的官。后来车奉朝在当地拜一位佛学大师舍利越魔为师，舍利越魔的称号也是"三藏法师"，这是对佛学大师的一种尊称，因为佛学中有经、律、论三藏，三藏皆通者为三藏法师。后来，车奉朝还追随师父西行，漫游了天竺国。车奉朝的法号也很有意思，他的法号叫"悟空"。所以，孙悟空的名字，很可能来自车奉朝。（事见《全唐文补编》）

总结一下，孙悟空有三位神话原型，即中国的淮河水怪无支祁、印度的神猴哈奴曼和中国的猴精"齐天大圣"；还有两位现实原型，即胡僧石磐陀和悟空法师车奉朝。其实，不需要纠结孙悟空的原型到底是哪一个。恰恰是这些神话和历史的融合，才孕育出了孙悟空这个中国文学的大IP。其背后是对多种文化的宽容与接纳，而这恰恰是文化创造的前提。

05

齐天大圣的"大圣"是什么意思？

孙悟空在花果山的时候，给自己取了个称号叫"齐天大圣"。这个称号里的"齐天"二字很容易理解，与天同齐嘛，那"大圣"是什么意思呢？原著里没详细说，大多数人可能也没往深处想，反正就一直这么叫着。

前一篇中讲过，"齐天大圣"这个称呼，早在宋代话本《陈巡检梅岭失妻记》中就已经出现。接下来我们讲讲"大圣"的含义，顺带讲一讲另外两个关联概念："佛"和"仙"。因为成圣、成佛、成仙，分别是儒、释、道三家的最高追求，也是中国人生命的三种境界。

其实，孙悟空的"大圣"这两个字不是随便取的。作者在给孙悟空设计这个称号的时候，是经过仔细考虑的。"大圣"和"圣"，基本是一个意思。古人喜欢在单字前面加个"大"，表示尊重，比如大王、大帝。"大圣"或者"圣"，是儒家追求的最高境界。儒家经典《荀子》里说："人有五仪：有庸人，有士，有君子，有贤人，有大圣。……所谓大圣者，知通乎大道，应变而不穷，辨乎万物之情性者也。"意思是说：人分五种，最高境界是"大圣"。大圣领悟了宇宙间的大道，永远心里有数，遇事不慌。

其实，荀子这个说法，强调的是圣人的智慧，只涵盖了"圣"这个概念的三分之一。所谓"圣"，其实有智慧、道德和理想三个层面。孟子有一句话说："圣人，人伦之至也。"（《孟子·离娄上》）就是说，圣人是道德的最高代表。孟子还说过一句话，叫"圣人治天下，使有菽粟如水火"（《孟子·尽心上》）。菽就是豆子，粟就是小米，合在一起泛指粮食。这句话的意思是说，圣人治理天下，目的是让粮食就跟水和火一样，随处可见，一抓一大把，让老百姓都过上好日子。

所以，一个具备最高的智慧、道德和理想的人，就是儒家追求的圣人或者大圣。那孙悟空为什么自称"大圣"呢？因为他只能这么叫。当时他能够选择的，只有神、圣、仙、佛这几个称号。他不能自称"神"。神一般在死后才能被加封，孙悟空早已在生死簿上被除名，想死都死不了，所以成不了神。他也不能自称"仙"，因为大部分仙在天庭都没有正式职位，属于编制外，地位比编制内的神要低。孙悟空都自称"齐天"了，后面再跟个"大仙"，这有点儿滑稽。他更不能自称"佛"，因为他修炼的主要是道家的法术，这时跟佛家还没什么关系。所以，数来数去，孙悟空只能自称"大圣"。

你可别以为"大圣"的地位要比其他几个低。儒家经典《中庸》里面说，圣人可以"赞天地之化育"，就是参与天地创造万物的活动。《西游记》里说，孙悟空的齐天大圣称号被玉帝承认以后，孙悟空见到三清四帝，也就是打个招呼，叫声老兄——可见他地位不低。圣人可以与天地同列，这刚好又和"齐天"两个字吻合了。所以，"齐天大圣"是一个逻辑自洽的称号。孙悟空取这个称号是花了心思的，《西游记》的作者也是花了心思的。

而且，在中国文化中，"圣"是一个统摄性的称号，并非儒家所独用。其他学说和宗教中有大智慧的思想导师，皆可称为"圣"。比如佛教中有"华严三圣"的说法，即释迦牟尼佛，以及他的左胁侍文殊菩萨、右胁侍普贤菩萨。苏州寒山寺供奉"和合二圣"，即唐代著名隐僧寒山与拾得。可见，"圣"的使用范围颇广，《西游记》作者让孙悟空自称为"圣"，再合适不过。

说完了"成圣"，我们再来说"成佛"。其实"佛"和"圣"之间的差别，并不是很大。佛本来又被翻译成"觉者"，就是领悟真理、具备大智慧的人。只是儒家圣人的大智慧，是关于俗世的智慧，因为儒家更关注现实世界。而佛可以看透宇宙和轮回最终脱离轮回——这就叫"以智慧故，不住轮回"。所以，佛家的宇宙观比儒家更为完整、丰富。

中原士大夫刚接触佛学的时候，也被佛学震惊到了。这在魏晋南北朝时期造成了佛学的兴盛和儒学的式微，一直持续到宋代理学诞生才得以扭转。南宋学者陈善在《扪虱新话》中记录了这么一个故事：

北宋王安石曾经问大臣张方平："孔子死后还有孟子，孟子死后就再也没人了。为什么会这样呢？"张方平回答："怎么没有啊？江西的马大师、汾阳的无业禅师、雪峰、岩头、丹霞、云门都是。儒家不行了，出不了人才，人才都跑到佛家那边去了。"王安石表示叹服。

由此可见，在佛教进入中原之后，儒家士大夫公认佛教的智慧高过儒家。

佛不仅追求智慧，也追求道德和理想，这就涉及小乘和大乘的区别。注意，"乘"这个字，有人说读"chéng"，有人说读"shèng"，我认为还是应该读"chéng"。小乘只追求个人觉悟，所以智慧就够了。大乘还要自觉觉他、普度众生，所以还需要道德和理想。但总之，圣和佛，都在追求人的修为和功业，只是对某些问题的理解存在分歧。

仙和这两者有点儿不一样。修仙的目的是长生不老、白日飞升，所以讲究很多延年益寿的法门。传说中的很多仙人，都住在海外仙山，根本不理人间的事情。打个比方，你让儒、释、道三家面对一个人，儒家会跟这个人说"好好学习、努力工作"；佛家会摸着这个人的头，说"哎呀，真是个不觉悟的小傻瓜呀！可怜可怜！"（释迦牟尼经常把众生称为"可怜悯者"，意思就是没开悟的小傻瓜）；修仙的道家要是看到这个人，那态度多半是：爱信信，不信算了，不要打扰我飞升。

关于神和仙的更多知识，将在下一篇深入细讲。

总结一下，成圣、成佛、成仙，分别是儒、释、道的追求，也是人生的三种境界。那三者该如何调和呢？宋孝宗有句话说得很好："以佛修心，以道养生，以儒治世则可也，又何惑焉！"（《原道辨》）也就是说，处理日常事务，要跟圣人学；管理自己的内心，要跟佛陀学；养好自己的身体，要跟道家学。但归根结底，人活在世上，恐怕不能只想着对外界物质的占有，还得想想：这只有一次的生命，到底该怎么使用？这一辈子，到底想成为一个怎样的人？

06

为什么二郎神叫"神"，赤脚大仙叫"仙"？

在《西游记》里面，天庭是一个重要的单位，有时候能帮点儿忙，有时候也不干人事儿。这个单位里面主要有两类角色：一类叫神，一类叫仙。比如巨灵神、二郎神，这些是神；赤脚大仙、南极仙翁，这些是仙。那么到底什么是神，什么是仙？今天我们就来厘清这两个中国神话体系中最重要的概念。

我们先说神。"神"这个字，在西周金文中写成这样：祕。左边是一个祭台，右边其实是一道闪电。古人敬畏闪电，把闪电当成天神来膜拜，所以"神"的本义就是天上威力强大的主宰者。在这一点上，许多不同民族的文明都有相似之处。比如古希腊神话中的主神宙斯，经典形象就是手执闪电。日语的"雷声"，字面意思是"神的怒吼"，罗马字为"kaminari"，与此也是异曲同工。

神在天上，那地上的凡人可以成神吗？可以，但有代价，死了才能成神。比如在《封神演义》里面，如果一个人被告知，他要上封神榜了。你猜这对他来说是好消息，还是坏消息呢？更多是坏消息，因为这句话等同于说这个人快要死了。比如赵公明，是通天教主的徒弟，死后被姜子牙封为玄坛真君，座下有四位正神：招宝天尊、纳珍天尊、招财使者、利市仙官。这四位管的都是人间赚钱的事；赵公明作为他们的领导，位列五路财神中的北路财神。

话说回来，为什么死后才能封神呢？从神话角度讲，封神在本质上封的是一个人的元神，一个人死了才能元神出窍，于是才能获封。从世俗角度讲，古代的皇帝把封神当成统治百姓的手段，比如他们不断给关羽加封神位，是为了教育百姓要讲忠义。为什么不给活人封神呢？因为神要高于人，给活人封神，这个人的地位就比皇帝还高，那怎么行呢？这种世俗的习惯影响了神话的创作，所以在神话里，人死了才能成神。

以上两个原因之中，第二个更为根本。所谓的"神"，在中国有很强的政治性。他们并不是西方一神教中那个全知全能的主宰者，而是朝廷借助民间信仰树立的道德模范。最典型的就是关羽。

关羽成神的历程，可以归结为九个字：侯而王，王而圣，圣而帝。关羽死后，被蜀汉后主刘禅追封为壮缪侯。在去世八百多年以后，他又被宋徽宗加封了。宋徽宗先是把关羽升为公爵，封为忠惠公，没过几年又把关羽封为义勇武安王。到了南宋，宋高宗赵构把关羽封为壮缪义勇武安王。宋朝为什么这么尊奉关羽呢？第一个原因是宋朝对外软弱，需要强调关羽的忠义，借助关羽的神威。第二个原因是宋朝城市经济发达，说书人很多，三国的故事在民间非常普及。第三个原因是，程朱理学认为，蜀汉才是三国的正统；因为蜀汉虽然地盘最小，但拥有道义。程朱理学认为，道义比力量更重要。

有意思的是，后来蒙古人也很相信关羽，还把关羽从王升级成了神圣。元文宗给关羽封了个尊号叫"显灵义勇武安英济王"，这里的"显灵"两个字，已经给关羽赋予了神性。蒙古人加封关羽，是为了调和与汉人之间的矛盾。到了明朝，万历皇帝又加封关羽为"三界伏魔大帝神威远震天尊关圣帝君"。这个时候，关羽已经成为护国佑民之神，关帝庙遍布天下。

清朝入关以后，比明朝还要推崇关羽。这一来是因为，满人入关之前就爱看《三国演义》，甚至用《三国演义》指导打仗。满人对关羽有一个尊称叫"关玛法"，"玛法"在满语中有"爷爷"的意思，"关玛法"就是"关爷爷"。关玛法显灵，在满人那里是一个很常见的传说。据说努尔哈赤就曾经在一次大败以后，梦见关羽教他打仗，醒来就真把明军给打败了。康熙皇帝对关羽也很迷恋，他甚至自称是刘备转世，还编了个故事，说他每次出巡，都听到后面有马蹄声，但回头却看不到人。有一次他就回头问："你是谁啊？"结果听到一个声音说："大哥，我是二弟云长啊！"康熙再问："那三弟呢？"那个声音说："三弟在镇守辽阳。"康熙编这个故事，一来是因为刘备是仁义之君，康熙也自认为是仁义之君；二来是因为康熙很看重关羽，想要借关羽的名气，拉近和汉人的关系。于是，关羽在清朝也被一路加封，在光绪年间才最终确立了封号，叫"忠义神武灵佑仁勇威显护国保民精诚绥靖翊赞宣德关圣帝君"，足足二十六个字。

总之，一个人能否成神、能成多大的神，那得看现实的政治需要。中华大地，不养闲神，这是中华文化的一大特征。

我们说回《西游记》。《西游记》里有个二郎神，他的来历其实有好几种说法。有人说是四川都江堰建造者李冰的儿子李二郎。他跟随父亲治水，有功德于民，所以死后被封神。还有一种说法认为，二郎神是隋朝四川嘉州太守赵昱赵二郎，曾经在嘉陵江斩杀蛟龙，还曾治理水患，所以死后被封神。他的道场就在四川灌江口，所以二郎神又叫"灌口二郎"。两人的故事逐渐合流。合流的原因之一，是两人所处的地理位置很接近：灌江口在灌县，灌县就是现在四川的都江堰市。和关帝爷一样，二郎神的诞生也是因为政治需要。这些说法在明朝和一个民间传说混在一起，这个传说讲的是：玉帝的妹妹思凡下界，嫁给了凡人杨天佑，生下了儿子杨二郎。所以《西游记》里的二郎神是这多个故事的混合，他姓杨，是玉帝的外甥，同时家住灌江口。总之，不管是历史上的李二郎还是赵二郎，都是死后被封神的。这就是"二郎神"的由来。

说完神，我们再说仙。《说文》里面说："仙，长生仙去。"就是说：凡人通过修炼，长生不老，飞升而去，这就叫"仙"。但其实仙分为五等：天仙、神仙、地仙、人仙、鬼仙。所谓鬼仙，他们生前有功德，死后一念不灭，可以自由往来人间与地府，代表是钟馗。所谓人仙，其实就是修真的普通人。他们通过修炼，可以强身健体，延年益寿，算是入门者。所谓地仙，就是再高一个层次，可以长生住世，逍遥自在。《西游记》里五庄观观主名叫镇元子，就是搞人参果种植的那位，他被称为"地仙之祖"。五庄观看上去也就是个平常的道观，不像什么世外仙境，这是因为地仙是入世修炼的。所谓神仙，标志是精神已经至纯至净，到达忘却肉身的境界；他们一般不住在人间，而住在海外仙山。所谓天仙，全名大罗天仙；他们已经修炼到满级，可以白日飞升，位列仙班。太上老君就是大罗天仙的代表。

赤脚大仙也是大罗天仙。孙悟空在大闹蟠桃宴之前，就曾和赤脚大仙打了个照面。书里描述赤脚大仙是"名称赤脚大罗仙，特赴蟠桃添寿节"（第五回）。在民间传说中，赤脚大仙本名刘海，和狐仙胡秀英结为夫妻；后来经过汉钟离和吕洞宾的点化，修成正果，被玉帝召上天庭，于是成仙。

这里考考大家，你觉得著名的八仙属于天仙、神仙、地仙、人仙、鬼仙中的哪一类呢？

总结一下，成神靠封，成仙靠修。封神得先死一回，修仙可以慢悠悠。

07

为什么如来是佛，观音是菩萨，济公是罗汉？

佛、菩萨、罗汉，这些都是佛家的称呼。我们也能感觉到，佛高于菩萨，菩萨高于罗汉，等级差别类似于教授、副教授和讲师。那么佛、菩萨和罗汉分别是什么意思呢？今天我就来给大家讲讲。

首先是佛，佛的全称是佛陀，梵语是"Buddha"，意思是觉悟真理、具备大智慧的人。中国有一个类似的概念，就是"圣人"。不过，圣人和佛陀的追求是不一样的。圣人主要着眼于现实，要学习现实的知识，解决现实的问题。所以孔子说"敬鬼神而远之"（《论语·雍也》），即尊重鬼神，但不要谈论鬼神。佛陀却着眼于轮回，认为所谓现实不过是轮回中的一个阶段，人在这辈子的使命应该是通过修行，觉悟宇宙人生，脱离轮回。

不过光做到这一点，还不算是佛。成佛的标准一共三个：自觉、觉他、觉行圆满。前面说的都只能算是自觉，即自己觉悟；接下来还需要觉他，即让别人也觉悟；最后觉行圆满，即自己的所思所想、所作所为，都自然地符合真理，不需要刻意去自我约束。

说"觉行圆满"，可能有些难懂，这里再举例解释一下。比如我要让自己好好看书，还需要克制一下自己，不要打游戏，不要出去玩，好好坐在这里看书。而佛根本没有这么多杂念，很自然地就坐在那里看书。你问他怎么能做到这么专心的，他只会看着你说："本来不就应该这样吗？"用孔子的话说，这就叫"从心所欲不逾矩"——就是想怎么干就怎么干，但不会犯错误，因为"我"的内心本就不存在错误。用王阳明的话说，就叫"知行合一"，就是"我"是怎么想的，就是怎么做的。所做的，都符合所想的。做事不会犯错误，因为内心已经消灭了错误。这些都和佛家说的"觉行圆满"是一个意思。所以，所谓佛，就是做到了自觉、觉他，以及觉行圆满的终极觉悟者。

说完佛，再来说菩萨。菩萨中有名的也很多，中国人比较熟悉的四大菩萨，是指观音菩萨、文殊菩萨、普贤菩萨和地藏菩萨。那什么是菩萨呢？菩萨的全称是菩提萨埵（duǒ），梵语是"Bodhisattva"。"菩提"的意思是觉悟，"萨埵"的意思是有情众生，所以"菩提萨埵"又被翻译成"觉有情"。注意，这里的"觉"字是动词，就是让一切有情众生觉悟，这里的众生当然也包括自己。所以，菩萨能够做到自觉和觉他，但和佛相比，缺了一个觉行圆满。也就是说，菩萨的修为还不像佛那样至纯至净，他们有时还需要主动约束自己的思想和行为，才能保证不会越界。比如《西游记》里的观音菩萨，听说红孩儿变成自己的样子，顿时大怒，说："那泼妖敢变我的模样！"还把手里的净瓶往海里一掼，吓得孙悟空不敢说话。你看，观音这里就有点儿不淡定。在《西游记》的结局，猪八戒、沙和尚和白龙马，其实都被封了菩萨。原著里面写的是净坛使者菩萨、八宝金身罗汉菩萨和八部天龙广力菩萨。菩萨又分五十二个阶位，其中最高的两个阶位是等觉菩萨和妙觉菩萨。等觉菩萨就是预备佛，是只差一步就能成佛的大菩萨。我们熟悉的观音、文殊、普贤和地藏，就是等觉菩萨。妙觉菩萨就是佛，所以佛其实就是顶级的菩萨。

　　因为菩萨还没有达到觉行圆满的境界，所以每位菩萨都有自己的专长。比如文殊菩萨，专长是"智德"和"证德"；普贤菩萨，专长是"理德"和"行德"。两位菩萨配合在一起，就是完整的认知和实践过程。所谓"智德"和"证德"，就是主观上的认知和证悟。所谓"理德"和"行德"，就是客观上的道理，和遵循道理来改造世界的实践。举个例子，我们要学做番茄炒蛋，需要先掌握炒菜调味的知识，这就属于"智德"。但要想做得好，还是要先翻菜谱，菜谱里记载的就是做番茄炒蛋的道理，这就叫"理德"。但光看菜谱还不够，还要根据菜谱动手去做，这就叫"行德"。看菜谱和动手做是相互交织的过程，所以理德和行德都归普贤菩萨管。等番茄炒蛋做出来了，香喷喷地端上了桌，事情还没完，还需要总结自己获得了怎样的体会，菜谱上说的对不对，实际做起来有没有什么不同——这些体会就叫"证悟"，也属于主观层面，可以增进我们的认知，即"智德"。所以"智德"和"证德"都归文殊菩萨管。文殊和普贤两位菩萨各有所长，但佛陀却兼有他们的长处，这就是"佛"和"菩萨"的差距。

最后就是罗汉。罗汉的全称是阿罗汉，梵语是"Arhat"，意思是断绝烦恼、脱离轮回、应受供奉的修行者。回到前面说的成佛三条标准——自觉、觉他、觉行圆满，罗汉只能做到自觉，不能觉他，也没有觉行圆满。但罗汉是小乘佛教的最高成就，因为小乘佛教觉得一个人能够自己觉悟就够了，不用管那么多。大乘佛教却认为，自己觉悟还不够，还要普度众生。《西游记》里面，沙和尚被封为金身罗汉——注意，这其实是个简称，沙和尚其实是"八宝金身罗汉菩萨"。神话小说里最著名的罗汉，可能就是济公了，济公是降龙罗汉的化身。在《济公全传》里面，他遇到那些为非作歹的强盗和妖怪，经常哈哈一笑，说"你也不知道我和尚是谁"，然后摸摸自己的脑袋，露出顶上三光，显出降龙罗汉的真身，吓得对方跪下求饶。降龙罗汉是传说中的十八罗汉之一。其实佛经里本来是十六罗汉，传入中国后又加了两位，变成十八罗汉，这可能和中国人对十八这个数字的偏好有关。十八罗汉有哪些呢？分别是：坐鹿罗汉、欢喜罗汉、举钵罗汉、托塔罗汉、静坐罗汉、过江罗汉、骑象罗汉、笑狮罗汉、开心罗汉、探手罗汉、沉思罗汉、挖耳罗汉、布袋罗汉、芭蕉罗汉、长眉罗汉、看门罗汉、降龙罗汉，还有伏虎罗汉。[1]

最后总结一下，成佛有三个标准：自觉、觉他、觉行圆满。这三条，佛都能做到，菩萨能做到前两条，罗汉只能做到第一条。这就是佛、菩萨和罗汉的区别。

---

1 十八罗汉中最后加的两位是谁，一直存在多种说法。降龙罗汉和伏虎罗汉是其中比较主流的说法。

08

为什么黄袍怪叫"怪"，蜘蛛精叫"精"？

　　《西游记》里面有许多妖怪，虽然我们把他们统称为妖怪，但仔细看一下他们的名称，还是能看出区别来。比如黄袍怪叫"怪"，蜘蛛精叫"精"。当然还有一些其他叫法，比如"妖"，再比如"魔"。那今天我们就来讲讲，妖、魔、精、怪分别是什么意思。

　　我们先说妖。《左传》里说"天反时为灾，地反物为妖"，意思是说：天违背时令就是灾害，地违背自然规律就是妖异。比如夏天下雪，冬天打雷，这叫"灾"；梅花夏天开，荷花冬天开，这叫"妖"。一个人要是成天不守规矩，喜欢瞎折腾，这就叫"作妖"。引申一下，你家的猫狗如果有一天忽然会直立行走，会叫你"爸爸"或"妈妈"，会自己出门卖萌，然后给你带口红或者游戏手办回家，这也叫"妖"。所以"妖"是一个最宽泛的概念，泛指一切出现变异行为的自然物。

　　"妖"的下面又分出两支，一支是"精"，一支是"怪"，所以有的妖叫"妖精"，有的妖叫"妖怪"。那"精"和"怪"有什么区别呢？修炼之后更像人形的，或者说行为更像人的是"精"；修炼之后更接近本形的，或者说行为更接近本形的是"怪"。你想，如果你家里的猫忽然开口跟你说话，你会说："成精啦！"因为它看上去更像人了。如果你家的猫忽然身高八丈，猫爪上来呼你[1]，那就很惊悚了，你只会喊："怪物啊！"这就是"精"和"怪"的区别，它就藏在我们的潜意识里。

这种潜意识的来源是什么？"精"这个概念，源于道教的修炼思想。道教很博爱，认为有生命的都可以进行修炼；动植物修炼到一定层次，就可以变成人形。为什么要变成人形？当然是源于人类"万物之灵"的自信了。《抱朴子》引《玉策记》曰："狐及狸、狼，皆寿八百岁，满三百岁暂变为人形。"（《初学记》卷二十九）所以动植物修炼到能变成人形，就是"精"，动植物中的精英也。

比如《西游记》里的蜘蛛精、白毛老鼠精、蝎子精、玉兔精，不但看上去像人，而且都是美人，行为也和人没有区别，懂得打扮打扮再出门。再比如玉华州的黄狮精（就是偷了孙悟空他们哥儿仨兵器的那个倒霉孩子），他虽然长得更像本形（狮子），但也被称为"精"。因为他的行为实在太像个良民了，要办会吃席，需要弄点儿肉，他居然让手下小妖花钱去买

---

1 呼你：东北方言，意思是打你、拍你。

猪、羊。孙悟空他们哥儿仨冒充小妖回来，说买完还倒欠五两银子，得付钱；黄狮精居然说："好的好的，我再给你们拿五两银子吧。"当妖精当到这份儿上，也真是没谁了。总之，他们给人的感觉都像人，从人的视角来看，没有那么奇怪，所以不叫"怪"，叫"精"。

而那些长相和行为不太像人的，就是"怪"。比如黄袍怪，本是二十八宿之一的奎木狼下凡。虽然他本是神仙，但还是保留了狼的本相。原著里描述他的长相是："青靛脸，白獠牙，一张大口呀呀。两边乱蓬蓬的鬓毛，却都是些胭脂染色；三四紫巍巍的髭髯，恍疑是那荔枝排芽。"（第二十八回）这一看就不像个人。而且黄袍怪的行为也不像人：他曾经变化成俊俏郎君去宝象国认亲，受到国王的款待；结果他多灌了几碗黄汤，就露出本性，抓过一个宫女咬了一口，吃她的肉——这不是人会干的事啊！所以，黄袍怪不能叫"精"，只能叫"怪"。

《西游记》里还有个多目怪（就是蜘蛛精认的大哥），本相是一条大蜈蚣。原著里说他看上去就是一个清秀的道士，那为什么也叫他"怪"呢？因为他穿着衣服还像个人，衣服一脱就不像了——他胸口两肋之下有上千双眼睛，看着特别瘆人，简直是密集恐惧症患者的噩梦。而且他的眼睛还能放出金光黄雾，遍及方圆十里，把悟空困在其中。这也显然不是人所能有的行为。这么个东西也只配被叫成"怪"。

当然，《西游记》里还有个比较分裂的妖精，就是偷袈裟的黑熊精，又叫熊罴怪。这哥们儿，看长相五大三粗的就是一头熊，但很有修养，经常和观音禅院的金池长老讨论学术问题。可能也因为他学术功底不错，所以被观音菩萨看中，招去当守山大神。所以按行为他是精，按长相他是怪。

说完了"妖""怪""精"，我们最后来看"魔"。"魔"这个字原本其实写作"摩"，指的是摩罗。摩罗是梵语"mara"的音译，本义是扰乱和阻碍。据说释迦牟尼成佛之前，魔王曾经对他进行各种阻碍，想要阻挠他成佛。这个魔王就被称为摩罗。后来，"摩罗"这个词传入中国，南北朝时期的梁武帝萧衍觉得"摩"这个字不够可怕，把它下面换成了"鬼"，于是"魔"这个概念就产生了。所谓魔，指的是一切与正道对立的事物。所以一个人偏离正道，叫"走火入魔"。还有一句话叫"魔高一尺，道高一丈"，或者"道高一尺，魔高一丈"。这两句话都对，但意思不一样。前者是说，正义必将战胜邪恶；后者是说，修行每加深一尺，所遇到的魔障就会加深一丈，形容修行的艰难。总之，魔和道是一组对立。

《济公全传》里面有八个很厉害的角色，都是依外道修炼出来的，合称"八魔"。那《西游记》里有没有魔呢？有，比如白骨精的正式名称其实叫"尸魔"，"三打白骨精"那一回在原著里叫"尸魔三戏唐三藏　圣僧恨逐美猴王"。为什么叫"尸魔"？因为有资格修炼的首先得是活物；尸体修炼，本来就违背正道，所以只能成魔。

魔在《西游记》里还有一层更深的含义。既然魔和道是对立的，那么那些敢于公开和所谓正道叫板的妖怪，就被称为"魔"。比如孙悟空大闹天宫之前曾经有过六个结义兄弟，其中打头的三个分别是平天大圣牛魔王、覆海大圣蛟魔王，还有混天大圣鹏魔王。这几位大圣，一看名号就是跟天庭不对付的，所以都是"魔王"。类似的概念，在金庸小说里也有：《笑傲江湖》的日月神教和《倚天屠龙记》的明教都被称为"魔教"，因为他们和所谓的名门正派不对付。

总结一下就是：物有反常皆可为妖，妖中似人者为精，不似人者为怪，与正道抗衡者为魔。

09

猪八戒姓什么？

这个篇名可能会让很多朋友觉得莫名其妙：猪八戒难道不姓猪吗？他不是一口一个"俺老猪"吗？其实，如果按照道教神话，猪八戒应该是我的本家，姓卜。

猪八戒的前身是天蓬元帅。在道教神话里面，天蓬元帅是紫微大帝的部下，名叫卜庄。而且卜庄是一个真实的历史人物，他是春秋时期鲁国卞邑的大夫，一般被称为卞庄子。当然，"卞"其实是卞庄子的氏，不是姓。春秋时期，姓和氏还是分开的。这是另一个话题了，这里不多讲。

卞庄子最有名的故事就是刺虎。这个故事在《史记·张仪列传》中有记载，说卞庄子看到两头老虎在吃一头牛，想上去杀掉这两头老虎。有人劝他，说应该再等等，这两头老虎吃得正香，待会儿肯定会为了争夺牛肉打起来；等它们两败俱伤，再冲上去，就可以一举获得杀死两头老虎的美名了。卞庄子依计行事，果然成功。后来，卞庄子就成了勇猛的代名词。《荀子·大略》里就有记载，齐国想要征讨鲁国，但畏惧卞庄子的威名，所以不敢经过卞庄子的住处卞邑。

历史上的猛将卞庄子，怎么就变成神话里的天蓬元帅了呢？首先我们要知道，什么是"天蓬"？天蓬其实是一颗星的名字，是北斗九星之一。我们都知道北斗七星，其实中国还有过北斗九星的说法——七星之外，还有左辅、右弼两颗星，古人说这两颗星只是经常隐藏起来，看不到罢了。道教典籍《道法会元》里面就说，北斗九星又被称为九神，九神者：天蓬、天任、天衡、天辅、天英、天内、天柱、天心、天禽。

所以，天蓬元帅其实就是北斗九星之一。他的上级是紫微大帝，紫微星就是北极星，北斗九星都是围绕着北极星旋转的。所以在神话中，天蓬元帅就是紫微大帝手下的一员猛将。既然是猛将，那就得有点儿厉害的来历。所以神话就借用了卞庄子的形象，来给天蓬元帅加持。这也是中国文化的一个特点：人和神的世界是打通的，一些猛人死了就会成神。

接下来要说的，可能和你以前的认识不太一样。我们一般以为，天蓬元帅下凡，错投猪胎，变成了猪八戒，这是《西游记》的原创情节。但在山西芮城县的永乐宫壁画里，就可以看到猪头猪脸的天蓬元帅。

我们知道，《西游记》是明朝的小说，比永乐宫壁画出现得要晚。当然，元朝还有个叫杨景贤的人，写过《西游记》的杂剧，里面已经出现了猪八戒的雏形。不过杨景贤是元末明初的人，还是比永乐宫壁画要晚。

而且，明朝的《西游记》里面也暗示了，天蓬元帅并不是下凡后才变成猪，他本来就是猪。原著第八十五回里，猪八戒曾经有这么一段自述：

> 巨口獠牙神力大，玉皇升我天蓬帅。
>
> 掌管天河八万兵，天宫快乐多自在。
>
> 只因酒醉戏宫娥，那时就把英雄卖。
>
> 一嘴拱倒斗牛宫，吃了王母灵芝菜。

这段话说的还是猪八戒当天蓬元帅的时候，"巨口獠牙神力大""一嘴拱倒斗牛宫"，这些都体现了猪的特征。最后"吃了王母灵芝菜"，这就更像猪了，好白菜都被猪给拱了对吧？之所以有这些蛛丝马迹，其实是因为在《西游记》小说诞生之前，天蓬元帅的形象就已经是头猪了。

但在一开始，天蓬元帅非但不是猪，长得还挺帅。重庆大足石刻里面的石门山三星洞天蓬元帅造像，修建于南宋年间；这时候，其形象还是挺威武的。

那在宋、元之际到底发生了什么事，让天蓬元帅变成了猪呢？

天蓬元帅变成猪的根源，来自佛教的摩利支天。摩利支天是一位女神，手下还有一群猪帮她拉车。这群猪都被称为御车将军，就是帮助摩利支天拉车的将军。

后来，全真教兴起，推崇三教合一，把佛、道两家的神话都给糅合到一块了。佛教的摩利支天，就跟道教的斗姆元君合二为一了。今天你去佛寺或道观，都可能看到一尊女神，旁边标注是"摩利支天（斗姆元君）"，或者"斗姆元君（摩利支天）"。这就是佛、道两家形象的合流。

斗姆元君又是何方神圣呢？她是前面提到的紫微大帝的母亲。摩利支天享受猪拉车的待遇，现在摩利支天和斗姆元君合流，于是斗姆元君也坐上了猪拉的车。不过，斗姆元君手下的猪有固定的数量：一定是七头猪。因为当时北斗九星的传说已经被北斗七星取代了，这七头猪就是北斗七星，是斗姆元君的儿子紫微大帝手下的七位大将。他们不但要保护紫微大帝这个领导，还得给领导的母亲拉车。于是，天蓬元帅，也就变成了猪面人身的形象。这个形象在《西游记》小说里面，就最终定型成了猪八戒。所以，天蓬元帅并不是下凡才变成猪，他本来就是猪的形象。

最后总结一下：

天蓬元帅原本是正经的道教神仙，而且有大名叫卞庄，也就是先秦时期的卞庄子。

天蓬元帅变成猪，也并不是《西游记》的原创，早在元代就已经出现了天蓬元帅的猪面形象。

这一形象的根源在于，佛教的摩利支天和道教的斗姆元君合流，摩利支天手下拉车的猪也和斗姆元君儿子手下的北斗七星合流。天蓬本是北斗七星之一，于是就变成了猪面。

《西游记》在此基础上，设计了天蓬元帅调戏嫦娥并因此被贬、错投猪胎等情节，都是对以上传说故事的化用了。

10

玉兔精原来是只公兔子?

　　本篇我们来聊聊月中玉兔。在中国文学中最深入人心的玉兔形象,大概要数《西游记》里面的玉兔精。

　　玉兔精变化成天竺国公主,想要骗唐僧成亲。电视剧《西游记》里面还专门为她创作了一首歌曲,叫《天竺少女》。因为电视剧的影响,玉兔精给人的感觉,就是一位美貌少女。但其实,原著里的玉兔精是一只公兔子。

　　这是有明确根据的,原著里说:玉兔精被孙悟空识破以后,脱了衣裳,摇落了钗环首饰,跑到御花园土地庙里取出一条短棍,急转身来跟孙悟空乱打起来。这个时候,后宫有些妃子,还把她脱下来的衣服和首饰拿给皇后看,说"这是公主穿的、戴的,今都丢下,精着身子,与那和尚在天上争打"(第九十五回)。注意,这里明确写着"精着身子",就是说玉兔精不但脱衣服,而且还脱光了。要是她真是一位美少女,打架前脱光衣服,众人还抬头围观,这也未免太香艳了些。

　　可能有朋友会觉得,妖精不会在意凡人的人伦,脱光衣服打架，不代表玉兔精就是雄性。其实不然，《西游记》的一贯设定，就是妖精也有人性，也懂人伦。比如原著第七十二回"盘丝洞七情迷本　濯垢泉八戒忘形"，蜘蛛精洗澡时被猪八戒调戏，恼羞成怒，说了这么一番话："你这和尚，十分无礼！我们是在家的女流，你是个出家的男子。古书云：'七年男女不同席。'你好和我们同塘洗澡？"这里蜘蛛精不但懂人伦，还引用了儒家《礼记·内则》里面的"七年，男女不同席，不共食"，即男女长到七岁就不能坐在一起、不能一起吃饭了。可见，人伦这方面，蜘蛛精这样的野怪尚且明白，更不要说嫦娥的高级宠物玉兔精了。

其实，玉兔精是雄性，在古代是一个常识。明朝有个大思想家李贽，在《西游记》第九十五回写了一段批注："向说天下兔儿俱雌，只有月宫玉兔为雄。故兔向月宫一拜，便能受孕生育。今亦变公主，抛绣球，招驸马，想是南风大作耳。"[1]

李贽这里说的"南风"，指的就是男色之风。明末清初小说家褚人获有《坚瓠集》传世，书中道："美男破老，男色所从来远矣……闽、广两越尤甚。京师所聚小唱最多，官府每宴，辄夺其尤者侍酒，以为盛事，俗呼为南风。"所以，李贽会说《西游记》中玉兔精抛绣球招亲是"南风大作"，这是因为他体会到了这一回的喜剧色彩。

为什么古人会有雌兔拜月受孕这种说法呢？因为兔子这种

---

1 关于李评本《西游记》的评点者，学术界一般认为是叶昼伪托。

动物，从外观很难分辨公母。《木兰诗》里就有这么一句："雄兔脚扑朔，雌兔眼迷离；双兔傍地走，安能辨我是雄雌？"意思就是说，雄兔、雌兔，从外表看，是分不出来的。所以古人会认为，地上没有公兔子，全是母的，只有天上那只玉兔是公的；地上的母兔子朝着天上的公兔子拜一拜，就怀孕了。

这类说法，早在西晋时期就出现了。西晋有一位大学者名叫张华，是西汉张良的十六世孙，他曾经劝说晋武帝司马炎出兵伐吴，一统天下。张华还是一位大学者，编纂了一本书叫《博物志》，里面就提到了这个说法："兔舐毫望月而孕，口中吐子。"就是说，母兔子舐舐自己的毛，望着月亮就可以怀孕。这类说法，在中国各类文献中还有很多。所以在中国民俗和神话传说里面，玉兔是只公兔子，这是毫无疑问的。

总之，玉兔精的人设，应该是一个浪荡少年，手拿一根短棍，打架前喜欢脱衣，颇有点儿梁山好汉的豪爽。而且，他可能还好男风，这也是明清时期很多富家少年的爱好；连《红楼梦》里的贾宝玉，也是如此。《西游记》塑造了玉兔精这么一个妖精，其实和明朝的社会风气有关。

既然说到了玉兔，顺便来说说嫦娥。玉兔的主人真的是嫦娥吗？

你可能有点儿惊讶，难道不是吗？至少在《西游记》里面，还真的不是。

先问一个问题：嫦娥、广寒仙子、太阴星君，这三个神仙之间是什么关系？你可能会说，"太阴星君"这个称号有点儿陌生，没听过。其实在《西游记》原著里面，玉兔的主人就是太阴星君，而且她是带着嫦娥一起下来收服玉兔的。

你若不信，请看原著第九十五回：

> 这行者愈发狠性，下毒手，恨不得一棒打杀。忽听得九霄碧汉之间，有人叫道："大圣，莫动手！莫动手！棍下留情！"行者回头看时，原来是太阴星君，后带着姮娥仙子，降彩云到于当面。慌得行者收了铁棒，躬身施礼道："老太阴，那里来的？老孙失回避了。"

你看，这里明白写着"太阴星君"四个字。而且太阴星君的地位似乎很高，孙悟空看见她都毕恭毕敬的。那她到底是何方神圣呢？太阴和太阳对立，指的是月亮。太阴星君，那自然就是月神了，类似古希腊神话中的月亮女神。在《西游记》里，太阴星君的人设是一位老太太，一口一个"老身"；孙悟空也称呼她"老太阴"。而且太阴星君下来，还带着姮娥仙子。注意，姮娥就是嫦娥，汉朝为了避汉文帝刘恒的名讳，就把姮娥改成了嫦娥，因为恒和常是一个意思。

那问题就来了，按《西游记》里的设定，嫦娥是太阴星君的下属，但在中国很多老百姓心里，嫦娥就是月神，月神就是嫦娥。所以电视剧《西游记》也尊重了这个设定，最后是由嫦娥来把玉兔精收走了。那为什么中国老百姓有这个印象，认为嫦娥才是月神呢?

这就要说到嫦娥的历史了。嫦娥传说的文字记载,最早出现于古书《归藏》中,书中提到"恒我"偷窃不死之药、然后奔月的传说。这个"恒我"应该就是"姮娥",到了汉文帝刘恒年间,被改名为"嫦娥"。西汉淮南王刘安的著作《淮南子》里,给嫦娥奔月的故事加了个人物,也就是羿。这个故事里说,羿从西王母那里取得了不死药,结果被嫦娥给偷吃了。嫦娥吃了药就提前几千年完成了"阿波罗计划",成功登月。这个故事里面虽然提到了羿,但没有明说他和嫦娥之间的关系。东汉有个学者叫高诱,他是卢植的弟子,也就是刘备的师兄。高诱在这里加了一句注解,说嫦娥应该就是羿的妻子。于是,羿和嫦娥的夫妻名分,就这么被确定了下来。

嫦娥奔月的故事,其实是一个妻子离家出走的故事。但古人喜欢脑补[1],总觉得嫦娥离家出走,独守孤凄,大约会回心转意。李商隐的诗中就说"嫦娥应悔偷灵药,碧海青天夜夜心"。因此又有了这样的民间传说:嫦娥奔月以后就后悔了,托梦给羿,说要是想她,就用面粉做成月亮的形状,放在屋子的西北角,三更时分呼唤她的名字,她就回来跟羿团圆。羿于是照做,真的和嫦娥短暂地重逢了。据说这就是月饼和中秋赏月的由来。总之,嫦娥这样一位离家出走的妻子,又变成了爱情的象征。既然月神太阴星君主管爱情,嫦娥又住在月亮里

---

1 脑补:网络流行语,在头脑中对某些情节进行补充或幻想。

面，而且嫦娥也象征爱情，那么一来二去，嫦娥就成了老百姓心目中的月神了。关键是，嫦娥颜值还高。

回到开头的问题，嫦娥和广寒仙子，又是什么关系呢？其实，这是一回事，嫦娥就是广寒仙子。月宫被称作广寒宫，广寒宫中的仙子，是为广寒仙子。只是在《西游记》里面，广寒宫的仙子不止一位，嫦娥也不是一个人名，而是一个身份——月宫里的仙子们都叫嫦娥，她们都是太阴星君的随从。《西游记》里的嫦娥，有明确称号的只有两位：一位是素娥仙子，一位是霓裳仙子。素娥仙子曾经打过玉兔；后来她下凡托生为天竺国公主，于是玉兔也下凡来报复她。至于霓裳仙子，她才是那位被猪八戒调戏的嫦娥；而且太阴星君下凡时身旁带着的那位嫦娥，其实就是霓裳仙子。原著里说，太阴星君收了玉兔、要回去的时候，猪八戒抱住霓裳仙子，说："姐姐，我与你是旧相识，我和你耍子儿去也。"（第九十五回）所以，《西游记》里猪八戒曾经调戏过的嫦娥，并不是月神太阴星君，而是太阴星君身边的宫女霓裳仙子。要是猪八戒胆敢调戏太阴星君，那处罚可就不是赶下凡间这么简单了。

所以，玉兔和嫦娥，背后轶事颇多。若逢中秋佳节，饮酒赏月，谈古论今，拍案惊奇，不亦乐乎？

11

《西游记》里的九头虫，到底是个什么妖怪？

本篇来讲《西游记》里的一个配角：九头虫。

猛地一提九头虫，可能有的朋友反应不过来是谁。我提示一下，他入赘了祭赛国碧波潭的万圣老龙王家，老婆是万圣公主。所以，他是龙王的赘婿。

电视剧《西游记》里面还加了一处情节，说万圣公主在和小白龙（后来的白龙马）的新婚之夜跟九头虫偷情，被小白龙撞见。小白龙一怒之下，就砸了洞房，烧毁了玉帝送的夜明珠，于是才被贬鹰愁涧。这段情节很妙，不过很可惜，它是电视剧的原创情节，原著没写。而且这一段情节很让人出戏，你想啊，一个美貌的贵族女子，放着好男人不嫁，却和一个浪子私订终身。

我们说回九头虫。九头虫这个妖怪，有个特点：他的形象有点儿模糊。《西游记》里的其他妖怪，形象都很明确：牛魔王，那就是头牛；虎力大仙，那就是只老虎；还有豹子精南山大王，一看就豹头豹脑的。那九头虫到底是个什么妖怪？其实很多人都有误解。因为他名字里带个"虫"，所以很多人都以为他是个长得像蛇的妖怪，就连电视剧《西游记》都没搞对，把九头虫打扮成了九头蛇。

其实，九头虫指的是九头鸟。这个在原著第六十三回里有明确的描写，说九头虫：

> 展开翅极善飞扬，纵大鹏无他力气；发起声远振
> 天涯，比仙鹤还能高唳。眼多闪灼幌金光，气傲不同
> 凡鸟类。

你看，这里把九头虫和大鹏、仙鹤作比，甚至直接明说"气傲不同凡鸟类"，已经说明九头虫其实就是九头鸟。

你可能觉得奇怪，鸟和虫那是吃与被吃的关系，怎么能混淆呢？其实，古代说的"虫"比今天的意义要宽泛多了，囊括了几乎所有生物，甚至包括人类自己。不信你想想，我们是不是管睡懒觉的人叫"懒虫"？是不是管酗酒的人叫"酒虫"？

《西游记》里的如来佛祖曾说，周天之内有五虫，乃赢、鳞、毛、羽、昆。其实，五虫的说法并不是出自佛教，而是出自礼制著作《大戴礼记》。《大戴礼记·易本命》里有这么一段话：

> 有羽之虫三百六十，而凤凰为之长；有毛之虫
> 三百六十，而麒麟为之长；有甲之虫三百六十，而神

龟为之长；有鳞之虫三百六十，而蛟龙为之长；倮之
虫三百六十，而圣人为之长。

这段话其实概括了"倮""鳞""毛""羽""昆"的含
义，也是中国古人对生物的分类。我逐一解释一下：

首先是倮虫（"倮"字注意不要和"赢"字搞混了），
即倮虫，它的读音和"裸"一样，意思也和"裸"一样，指动
物身上光光的，没有甲壳、鳞片或者兽毛、羽毛覆盖。比如青
蛙、蚯蚓，甚至包括人类。

再看鳞虫，鳞虫就是身上有鳞片覆盖的生物，比如蛇、鳄
鱼，还有传说中的龙。

接下来是毛虫，毛虫就是身上有兽毛覆盖的生物。猫猫狗
狗、豺狼虎豹都是毛虫。所以老虎在古代又叫大虫。

然后是羽虫，羽虫就是有羽毛覆盖的生物，也就是鸟类。

最后是昆虫。注意，这个昆虫和今天说的昆虫不完全一
致，它指的是身上有甲壳覆盖的生物。所以在古人的语境下，
七星瓢虫是昆虫，乌龟也是昆虫。《大戴礼记》里就说，神龟
为昆虫之长。只是我们在引进西方科学的时候，借用了"昆
虫"这个汉语的固有词去翻译"insect"。所以，今人对昆虫的
理解，和古人是不一样的。

九头虫其实属于倮、鳞、毛、羽、昆中的羽虫，也就是九
头鸟。那九头鸟传说是怎么来的呢？《山海经》里面就提到了
一种鸟：有九个头，人面鸟身，名叫"九凤"。这个九凤，主

要来自楚人的崇拜。屈原《离骚》中说："吾令凤鸟飞腾兮，继之以日夜。"这里的凤鸟就和九凤有关。所以，九头鸟或者说九凤，可以看成是楚文化的一种图腾。楚文化的核心区域在今天的湖北省，所以有一句话说"天上九头鸟，地上湖北佬"。你可能认为这是骂人的话，其实这和楚文化的图腾崇拜有关。

楚地的九凤崇拜，在传播过程中也逐渐发生了变异，成为恶鸟"鬼车"。鬼车的得名，据说是因为它经常在夜间发出犹如车辆行驶的声音；人们听到车声却又看不见车在哪里，就说是有鬼在驾车。鬼车又名鬼鸟，汉语古音中"鬼"和"九"发音近似，故又有人认为"鬼鸟"就是"九鸟"。九凤成为鬼车，这可能与中原文化对楚文化的误解有关。汉代以后，"鬼车"定型为吸人精气的恶鸟，但据说鬼车怕狗，因此可以用狗驱赶。古人还认为，九头虫原本有十个头，其中一个头被狗给咬掉了，因此只剩下九个。唐人段成式在笔记集《酉阳杂俎》中说："鬼车鸟，相传此鸟昔有十首……一首为犬所噬。"《西游记》中显然化用了这一说法，说二郎神大战九头虫，九头虫的一个头被哮天犬咬掉，负痛逃走；还说"至今有个九头虫滴血，是遗种也"（第六十三回）。因此，九头虫的传说虽然起源于楚地的九凤，但应该更接近于九凤异化后的鬼车。

在《西游记》中，万圣公主为什么会嫁给九头虫呢？因为碧波潭龙王等级并不算很高，比四海龙王差得远。九头虫虽然名字听上去猥琐，但其实是威力强大的神鸟，配万圣公主这个碧波潭龙王的女儿，并不算高攀，何况他还自愿当了赘婿。而且，万圣公主和九头虫三观一致，都爱偷东西。万圣公主曾经上天偷过王母娘娘的灵芝草，九头虫也和岳父万圣龙王一起偷过祭赛国的佛宝舍利子——这是一个小偷家族。所以，万圣公主选择了自己少女时期爱上的浪子，放大了自己心中的恶，最后误了终身。这说明，少不更事时爱上的人，不一定能给自己带来幸福啊！

12

三十六变和七十二变，哪个更厉害？

现在流行一个说法，说其实三十六变比七十二变要厉害，孙悟空当年是被菩提祖师给诓了。

菩提祖师当时问他，三十六变和七十二变，要学哪个。孙悟空勤奋好学，说要学多的，于是学了七十二变。但是三十六变那是天罡数，七十二变那是地煞数，天罡当然比地煞要厉害。《水浒传》里面的梁山一百零八好汉，三十六天罡星，七十二地煞星，天罡不就排在地煞前面吗？还有人找出证据，说三十六变和七十二变，其实并不是变化术。三十六变的内容，都是斡旋造化、颠倒阴阳、移星换斗、推山填海之类的，听上去就气势磅礴。七十二变的内容，都是什么坐火、入水、借风、布雾之类的，听上去就小家子气。所以，三十六变比七十二变要厉害多了。

这种说法，可以说完全是没根据的。

首先，《西游记》原著里很明确地说过，三十六变和七十二变都是变化术。比如孙悟空学成七十二变之后，他的师兄弟就起哄，说："你跟师父学的好本事，变一个给我们看看呗？"孙悟空问："变啥呢？"师兄弟说："那就变个松树吧。"孙悟空就变了，结果被菩提祖师骂了，说："我教你本事，是让你在人前卖弄的吗？"然后就把他给赶走了。你看，这里很明确，孙悟空学的七十二变就是变化术，根本不是什么坐火、入水之类的法术。

七十二变强于三十六变，也有明确证据。西行途中，孙悟空不止一次表现出七十二变对于三十六变的优越感。

比如在通天河陈家庄，遇上灵感大王要吃童男童女的事情，孙悟空就跟猪八戒商量，说："我变成童男，你变成童女，我们一起去会会灵感大王怎么样？"猪八戒就推托，说："不行不行，我只会三十六变。你要说变山，变树，变石头，变大象，我都没问题；但你要我变小女孩，这有点儿困难。"后来猪八戒勉为其难，还是变了，但只是头变成了小女孩，身体还是个胖和尚。孙悟空朝他身上吹了口仙气，他才连身体都变了过来。

还有一回，就更明显。在七绝山，烂柿子堵住了路，恶臭难闻。孙悟空就让猪八戒变成一头大猪，把路给拱开。当时猪八戒就说："我老猪本来有三十六般变化。若说变轻巧、华丽、飞腾之物，委实不能；若说变山，变树，变石块，变土墩，变赖象、科猪、水牛、骆驼，真个全会。"（第六十七回）你看，他自己也说，只能变一些傻大黑粗的东西，轻巧、华丽、飞腾之物，他变不了。但孙悟空却是可以做到的，他经常变成小飞虫去打探消息。所以，七十二变强于三十六变，这是毫无疑问的。

为什么天罡听上去比地煞要厉害，七十二变（地煞数变化）却要强于三十六变（天罡数变化）呢？因为在《西游记》里面，三十六变和七十二变只是借了天罡、地煞的数字而已，跟天罡、地煞本身其实关系不大。孙悟空学地煞数变化，猪八戒学天罡数变化，这也很符合两个人的个性。孙悟空勤奋，所以学得多；猪八戒懒惰，所以学得少。

这里还有个问题，有人说，要是三十六变、七十二变都是变化术，孙悟空怎么能学个变化术就躲开"三灾"呢？这样问的朋友，看原著都很仔细。原著里孙悟空学七十二变的初衷，就是躲开"三灾"。所谓三灾，一是天雷，就是天降雷灾打你；二是阴火，会从脚心开始烧起来，最后把自己烧成灰烬；三是赑（bì）风，是从头颅开始，吹过六腑九窍，最后把身体吹得骨肉分离。

其实，恰恰是学了七十二变，才能躲开三灾。因为原著里说，躲三灾之中的天雷，靠的是预先明心见性，个人修行要到位。而阴火和赑风，都不是外界来的，而是从自己身上来的；通过变化，可以改变自己的生理结构，也就躲开了。比如阴火，是从脚心烧起；若变成蛇，变成蚯蚓，连脚都没有，那还怎么烧呢？所以，孙悟空学了七十二变，才能躲避三灾。

最后，再回应一下网上关于三十六变和七十二变内容的新说法，即三十六变可移星换斗，七十二变就只能借风布雾之类的。其实这是跟另一本书的说法弄混了。这本书就是清朝的《历代神仙通鉴》，听上去很像一本百科全书是吧？其实它是一本小说，又叫《历代神仙演义》。这里面说的也不是三十六变和七十二变，而是天罡三十六法和地煞七十二术。这跟《西游记》里的天罡数变化和地煞数变化完全是两码子事。所以，七十二变强于三十六变的说法，完全没有根据，不必相信。

13

为什么金吒和木吒的弟弟叫哪吒?

本篇我们来讲哪吒。

哪吒这个人物,在《西游记》和《封神演义》里面的设定,都是托塔天王李靖生的第三子。他有两个哥哥,分别是金吒和木吒。这其实有点儿奇怪,金吒、木吒,那接下来应该是水吒;结合哪吒一贯的形象,也可以叫火吒,为什么叫哪吒呢?

你可能已经感觉到了,"哪吒"不太像一个中国孩子的名字。确实是这样,哪吒的老家其实在古印度。古印度有一部神话史诗叫《罗摩衍那》(意思是"罗摩历险记"),成书时间大致是中国的春秋战国时期。《罗摩衍那》里面有一个夜叉名叫"那吒俱伐罗",外形是一个小孩,但威力强大,疾恶如仇——这就是哪吒最初的原型。而且,那吒俱伐罗还曾经斩杀大蛇,这应该就跟后来哪吒闹海、杀死东海龙宫三太子的故事有关。

那吒俱伐罗后来被佛教借用,变成了佛教守护神。佛经里给他的人设,是北方毗沙门天王的太子。毗沙门天王的形象一般是左手托着宝幢,后来在本土化过程中,宝幢就变成了中国人更熟悉的宝塔，于是就有了托塔天王。所以早在佛经里面，托塔天王和哪吒的原型就是父子关系。

除了那吒俱伐罗，毗沙门天王的儿子中，有一个叫君吒利明王，简称就是"君吒"，在中国神魔小说里逐渐演变成了"金吒"；还有一个叫波罗提木叉，简称就是"木叉"，于是演变成了"木吒"。《西游记》里面称呼他为"木叉"，说他是托塔天王的儿子、观音菩萨的弟子，法号叫惠岸。这其实是有来源的。唐代有一位高僧恰好也叫木叉，他的师兄叫惠岸，他们的师父名叫僧伽大师。这位大师因为修为高深，在当时被视为观音菩萨的化身。于是在《西游记》里面，他的两个弟子惠岸和木叉就合二为一，变成了观音菩萨的弟子。而到了《封神演义》里面，木叉就被称为"木吒"了。此外，毗沙门天王的这三个儿子又分别被称为"甘露太子""独健太子""那吒太子"。

不管是金吒还是木吒，故事都没有哪吒来得多。中国民间对甘露太子和独健太子可能知之不多，"哪吒三太子"（那吒太子）却是家喻户晓。可能因为哪吒的性格设定就是性如烈火，这样偏执的人注定会有故事。佛经里记载的哪吒，就已经具备了三头六臂的形象，也有和父亲发生矛盾的故事。而且，佛经里的哪吒做过一件事，叫"析肉还父，剔骨还母"，就是把自己的肉割下来还给父亲，把骨头剔出来还给母亲——场面那叫一个惨。这个情节其实是有佛学含义的，一是要斩断和父母之间的亲情羁绊，二是摆脱肉体对精神的束缚。佛学本来就把肉体看成是臭皮囊嘛。

哪吒的故事传入中国以后，中国本土的道教和儒家一直在努力对哪吒进行收编。道教希望哪吒能够变成自家的神仙，儒家希望哪吒不要违背孝道。所以哪吒其实很累，一直在被这两家不断揉捏、重塑。

明朝永乐年间有一本神话集叫《三教源流搜神大全》，书里面说，哪吒本是玉皇驾下大罗仙，被玉帝封为三十六员第一总领使、天帅元领袖，永镇天门也。意思就是哪吒是给玉皇大帝镇守天门的。到了《西游记》里面，哪吒被玉帝封为三坛海会大神。三坛就是天、地、水，在道家叫三坛界，用今天的话说就是海、陆、空。海会就是众神的聚会，因为众神德行似海，所以叫海会。三坛海会大神，就是可以调遣海、陆、空众神的大元帅。

到了《封神演义》里面，作者给哪吒找了个道家的师父——太乙真人。你看，为了让哪吒融入中国文化，作者也是煞费苦心。而且，《封神演义》还增加了龙王上门威逼李靖的情节，这样哪吒自杀的目的是不连累父母，还符合了儒家的孝道。

到了当代，传统文化复兴，"家"被视为最基础的社会单位。神话故事中的李靖和哪吒父子也逐渐走向和解。在国产动画电影《哪吒之魔童降世》中，李靖是为了儿子不惜牺牲自己的父亲，哪吒是有事自己扛、绝不连累父母的儿子。所以，我们今天看到的哪吒，其实是一个外来人物不断被进行价值观重塑的结果。

14

托塔天王为什么和唐朝大将同名？

上一篇讲了哪吒，这一篇我们来讲讲哪吒的老爹——托塔天王李靖。

除了托塔天王，历史上还真有个人叫李靖，他是唐朝的名将，位列凌烟阁二十四功臣之一。那这两个李靖是同一个人吗？还是只不过恰好同名呢？

答案可能会让一些朋友感到意外：是的，他俩就是同一个人。哪吒他爹的名字就来自唐朝名将李靖。

为啥呢？这要从托塔天王的身世说起。托塔天王其实来自古印度，大号是北方毗沙门天王。他是佛教的四大天王之一，又被翻译成北方多闻天王。现在不少佛寺里还有个天王殿，四大天王放在一起：东方持国天王、南方增长天王、西方广目天王、北方多闻天王。毗沙门天王或者说多闻天王传入日本以后，还收获了一个忠实粉丝——日本战国时期的名将上杉谦信。因为上杉谦信占据的日本越后地区，在日本地图上属于北方，所以上杉谦信就把北方毗沙门天王视为自己的守护神，把毗沙门的"毗"字放到了自己的军旗上，只是写法稍微有点儿不一样。

在中原文化中，毗沙门天王是怎么变成托塔天王的呢？在毗沙门天王的画像上，他一般左手上都托着"宝幢"——佛教的一种装饰物。

不过中原汉人对宝幢这个东西比较陌生，慢慢就改成了宝塔，于是就有了托塔天王。所以，北方毗沙门天王其实就是托塔天王，连家庭成员都一样。毗沙门天王的三个儿子——君吒利明王、波罗提木叉、那吒俱伐罗，在中国神魔小说里就演变成了金吒、木吒和哪吒；毗沙门天王和托塔天王都是这一家子的户主。

那毗沙门天王怎么就有了个大名叫"李靖"呢？

在唐朝，毗沙门天王不仅是佛教的护法，还是唐军信奉的战神。尤其是唐朝在西北的军队，普遍供奉毗沙门天王。这一来是因为佛教是从印度经由中国西北地区传入中原的，西北的佛教信仰很兴盛。二来是因为，毗沙门天王本来就是北方的护法神，所以在西北受到供奉也就顺理成章了。唐朝甚至流行这么一个神话故事：

唐玄宗天宝元年，唐朝在西域的重镇安西城被吐蕃围困，援军一时无法抵达。唐玄宗就找人开坛做法，召唤毗沙门天王显灵。结果毗沙门天王真的在安西城的北门显灵，金光万丈，身后还有几百名金甲神兵，大败吐蕃。

这当然只是个故事，但也能看出毗沙门天王当时的地位。

问题来了：故事里，毗沙门天王是唐军在西北的军神，但在现实中，唐军的军神是谁呢？是战无不胜的大将李靖。而且李靖长期在西北作战，曾经打败过突厥和吐谷浑。于是，唐军对毗沙门天王的崇拜，和对李靖的崇拜，就渐渐合二为一了。唐宋时期，"托塔天王李靖"这样的说法在民间就已经很流行了。元朝的杨东来评本《西游记》杂剧，里面有这么几句："天兵百万总归降，金塔高擎镇北方。四海尽知名与姓，毗沙门下李天王。"你看，这个形象就这么定型了。到了明朝，又有一本小说，把"托塔天王李靖"这个名号彻底确定下来了。这本小说就是《封神演义》。《封神演义》还给李靖编了一套陈塘关总兵之类的新故事。总之，托塔天王变成李靖，是唐朝的宗教和军事形势共同作用下的结果。

这里需要多说两句。《封神演义》里面说，李靖是商朝的陈塘关总兵。这完全是小说虚构的，千万别当成历史。商朝并没有一个地方叫陈塘关，也没有一个官职叫总兵。总兵是明朝的官职，《封神演义》是明朝写的，所以书里头一堆"总兵"。除了李靖，什么邓九公、张桂芳之类的，也都是总兵。这些都是《封神演义》的作者编出来的故事，商朝历史上并没有这些人。

另外，托塔天王虽然来自佛教的毗沙门天王，但他后来逐渐被道教吸收，变成了天庭的护法神。佛教的四大天王，仍然继续保留了下来。所以在《西游记》里面，就出现了托塔天王和四大天王一起出现的场面。到了《封神演义》，四大天王又被改造成了"魔家四将"。就跟陈塘关总兵一样，这也是纯属虚构，千万别当真。你想想，四大天王是佛教护法，却被取个带"魔"字的名，这很明显带有作者的主观性。《封神演义》很多地方都有这种崇道抑佛的立场。

这里顺便再说一个细节：托塔天王和白鼠精是什么关系？

《西游记》里有一个白鼠精，全名叫金鼻白毛老鼠精，家住陷空山无底洞。《西游记》里面，她最后被托塔天王李靖给收服了。为什么是托塔天王呢？原著里说，托塔天王是白鼠精的义父。当年白鼠精偷吃灵山的香花宝烛，被托塔天王拿住；佛祖不忍杀害她，于是白鼠精认托塔天王做了义父。

这个故事有点儿莫名其妙，白鼠精吃蜡烛是灵山的事情，托塔天王是天庭的官，不是灵山的保安，为啥要来管这事呢？其实这背后是有故事的。毗沙门天王有一个常见的造型：左手有一只银鼠。银鼠是佛教传说中的神鼠，它其实就是白鼠精的原型。毗沙门天王演变为托塔天王李靖，《西游记》里把这只银鼠也编排了一番，让托塔天王和银鼠变成了义父和干女儿的关系。

所以，《西游记》可以说是一部脑洞颇大的中国神话同人故事大全。类似这样的化用和改编，在接下来的篇目里还会进行探讨。

15

二郎神和沉香到底是什么关系？

你以为二郎神和沉香是舅舅和外甥的关系吗？其实这俩人原来根本就不认识。

二郎神是什么来历？《西游记》里孙悟空初见二郎神的时候，揭过他的老底："我记得当年玉帝妹子思凡下界，配合杨君，生一男子，曾使斧劈桃山的，是你吗？"意思是说：当年玉帝的妹妹下凡，和一个姓杨的男人结婚并生了个儿子。后来玉帝的妹妹被囚禁在桃山，她的儿子用大斧劈开桃山，救出了母亲，这个儿子就是你吗？

可见，二郎神还是个少年的时候，有过一桩光荣事迹，叫"劈山救母"。你听到这里可能会说——等等！不对吧？劈山救母，那不是沉香的故事吗？怎么成了二郎神了呢？而且，沉香的故事里面，二郎神那是个大反派啊！沉香的母亲三圣母是二郎神的妹妹，他为了维护所谓的天规，亲手把自己的妹妹压在山下。当然，这里说的是民间传说中沉香救母的故事。动画片《宝莲灯》基本尊重这个故事。电视剧《宝莲灯》做了很多改编，二郎神表面上在执行天规，其实是在帮助妹妹。加上主演是焦恩俊，大大提高了二郎神的人格魅力。但在民间传说里，二郎神就是镇压三圣母的罪魁祸首。

这就引出一个问题：二郎神自己也曾劈山救母，怎么后来外甥也劈山救母？难道劈山救母是这一家的祖传技能吗？

其实，这里面有一个天大的误会，两个独立的神话传说搞混了。

二郎神劈开的是桃山，沉香劈开的是华山。桃山是虚构的山；华山却是现实存在的，西岳华山嘛。在神话里面，二郎神劈山救母在前，沉香劈山救母在后。但其实就这两个故事出现的时间顺序来讲，是倒过来的：沉香劈山救母在前，二郎神劈山救母在后。

沉香劈山救母的故事，早在唐朝就已经有了传说，到了元朝发展成杂剧《沉香太子劈华山》，到了清朝又发展成民间说唱脚本《沉香太子全传》。故事大差不差，说的都是：汉朝有个人叫刘向，字彦昌，进京赶考，路过华山神庙，看到庙里供奉着华岳三娘，大概也是他喜欢恶作剧，就在墙上题诗戏弄华岳三娘，结果华岳三娘很生气，想杀他。可是太白金星跟她说："不能杀，你和这个男人有三生三世的姻缘。"于是华岳三娘非但没杀刘彦昌，还留他成婚。婚后，刘彦昌还要继续赶考，就留给华岳三娘一块沉香，说以后他们的孩子出生，就取名"沉香"。后来，华岳三娘的哥哥华岳二郎，得知妹妹私订终身，还是嫁给凡人，非常生气，就把妹妹压在华山下面的山洞里。

华岳三娘在洞里生下儿子沉香，托夜叉把儿子送给了刘彦昌。沉香长大成人，拜师学艺，学得一身本领，还拿到了宣花神斧，就去找舅舅华岳二郎报仇，和他大战三百回合，不分高下。后来，太白金星（又是太白金星，后面的篇目会讲太白金星为什么老是当和事佬）下来圆场，说："你俩别打了，干脆相认了吧。"于是沉香和舅舅和解，用宣花神斧劈开华山，救出了母亲。这就是沉香劈山救母的故事。

二郎神劈山救母的故事，要等到明朝才出现，出自民间传播道教的说唱脚本《二郎宝卷》；故事和沉香劈山救母非常相似，说的是：玉帝的妹妹思凡下界，和凡人杨天佑成婚，生下儿子杨二郎。玉帝得知后很愤怒，就把妹妹压在桃山脚下。杨二郎长大以后，也是学得一身本领，于是斧劈桃山，救出母亲。

这个故事显然来自对沉香劈山救母的模仿。二郎神本来也根本不认识沉香，那沉香的舅舅是怎么变成二郎神的呢？这里面就牵扯到一个天大的误会。

沉香的舅舅华岳二郎，并不是我们熟悉的二郎神。华岳二郎是陕西的；二郎神起源于四川，他的道场在四川灌江口。直到清朝，《沉香太子全传》里面也还是把沉香的舅舅称为华岳二郎。但二郎神的知名度太高，华岳二郎的知名度太低，老百姓口耳相传，传着传着就传走了样，于是沉香的舅舅就成了二郎神。这种现象在民间文化中经常出现，几位名号相近的人物，老百姓最后往往只会认名声更响亮的那位。

中华人民共和国成立以后，根据《沉香太子全传》改编出了舞台剧《宝莲灯》。因为这时，"沉香的舅舅是二郎神"这个说法已经深入人心，所以也只有顺应民间说法，把沉香的舅舅设定成了二郎神。这个设定就这么沿用下来，一直延续到了动画片和电视剧。于是，二郎神和沉香，这两个本来互不相识的人，就被迫做了亲戚。这就是这笔糊涂账的前因后果。

最后补充一个有趣的故事。

二郎神的名字叫什么？你可能会脱口而出：杨戬。但在前面提到的《二郎宝卷》中，只称呼二郎神是"杨二郎"或"二郎爷"，并没说他名叫杨戬。《西游记》里面也出现了二郎神，但从没出现"杨戬"这个名字，而是一直称呼二郎神"二郎小圣"或者"二郎真君"。二郎神捉拿孙悟空那一回就叫"观音赴会问原因　小圣施威降大圣"。我们知道"杨戬"这个名字，主要是因为《封神演义》。那这个名字怎么就忽然出现了呢？难道是《封神演义》的作者瞎编的吗？对此，有人将神话和历史结合起来，进行大胆的想象，衍生出了这么一种解释：

北宋徽宗年间有一个宦官叫杨戬，这个人对皇帝溜须拍马，对百姓横征暴敛，贪得无厌。比如黄河决堤以后，他非但不减免受灾百姓的税赋，居然还强迫百姓去租种洪水退却以后的荒地。这样一个人，怎么会有幸获得二郎神的"冠名权"呢？

说起来真是让人啼笑皆非。二郎神在民间传说中，本是一位宽容、仁慈的神灵。老百姓去祭拜他，不需要给他带花果供品，只需要带一点儿田里的土给他，心意就算到了。这就叫"负土作礼"。

这本来是一个和谐的故事，问题是北宋这个宦官杨戬对老百姓盘剥无度，老百姓都说他是"刮地皮的"，而二郎神收礼只收田里的土，也就是"地皮"；二郎神在民间传说中姓杨，宦官杨戬又刚好姓杨；二郎神是治水的神，杨戬又负责过黄河决堤的善后工作——于是，老百姓就给宦官杨戬起了个外号叫"二郎神"。这本来是表示嘲讽，传来传去，"杨戬"就真的变成二郎神的名字了。

明朝的《封神演义》里面，二郎神成了玉鼎真人的徒弟。而且，大概作者觉得二郎神没有个大名可以称呼，干脆就根据宋朝以来的民间传说，给他安个名字叫"杨戬"。《封神演义》后来成了畅销书，这么一来，堂堂的灌口二郎、显圣真君，就跟一个宦官的名字正式挂钩了。于是，我们也就习惯了把二郎神叫作杨戬。

以上，虽然戏说不是胡说，改编不是乱编，但历史上那些胡说和乱编，真是想挡也挡不住。类似这样的荒唐故事，还有很多，我姑妄言之，大家姑妄听之。

16

龙王的地位为什么这么低？

在中国文化里，龙是神圣和力量的象征，皇帝要穿龙袍，故宫里也到处都是龙的影迹。但在《西游记》里面，龙王的地位似乎并不高。不要说井龙王这样的基层龙王，就算是站在龙族顶端的四海龙王，地位好像也不怎么样。

孙悟空刚练成本领时，还没什么名气，就欺负了四海龙王。当时孙悟空跑到龙宫找龙王要装备，龙王一点儿都不敢怠慢，还一口一个"上仙"地叫着；最后，四海龙王给孙悟空凑了一身装备，才好歹把这"瘟神"给送走。

《西游记》里还提到，孙悟空被如来镇压以后，玉帝召开"安天大会"，当时就"请如来高坐七宝灵台，调设各班座位，安排龙肝凤髓、玉液蟠桃"（第七回）。你看，龙肝原来是天庭神仙们的美食。

也不单《西游记》是这样，《封神演义》里面的龙族也很惨。东海龙宫三太子敖丙，直接被哪吒剥皮抽筋。

为什么龙在中国文化中地位这么高，龙王在神魔小说里的地位却这么低呢？

答案可以用一句话概括：神魔小说里面的龙王，根本不是中国文化里面的龙。

中国文化里的龙，按《礼记》的说法，本来和麟、凤、龟并称"四灵"，是高贵的瑞兽。按照《周礼》，周天子的冕服上就有龙纹。三国时期的魏国人张揖编成了一部百科词典《广雅》，里面直接就说了"龙者，君也"。这比较符合我们对于龙的一般认识。

与此同时，古人也很早就认为，龙和水有密切关系。《左传》里就说："龙，水物也。"意思是龙是水里的东西。汉朝大儒董仲舒的著作《春秋繁露》里面已经出现了五方龙神的说法，龙神是负责下雨的。五方龙神，在东汉又变成了东方青龙、南方赤龙、中央黄龙、西方白龙、北方黑龙的固定说法。

不过请注意，这里说的是"龙神"，不是"龙王"。那龙王是什么时候出现的呢？要等佛经传入中国以后。佛经里的"龙"，并不是中国文化里的龙，而是印度神话里的"那伽"，梵文为"Naga"。这其实是一种生活在水里的大蛇，能够行云布雨。佛教吸收了印度教的一部分神话，有所谓"天龙八部"的体系，那迦就是天龙八部中的"龙众"。

佛经被翻译成中文的时候，"那迦"被翻译成了"龙"，这是因为两者有一些相似之处。那迦中的首领，被称为"Nagaraja"。所谓"raja"就是古印度各邦国的王公。微软的游戏《帝国时代2》有一个版本就叫"raja"，中文一般翻译成

"酋长"。"Nagaraja"在中文中就被翻译成了"龙王"，比如《法华经》里就有八大龙王，什么欢喜龙王、贤喜龙王、九头龙王。这就是中国神话中"龙王"的来源。

那怎么区分中国的龙和印度传来的龙王呢？很简单，中国龙是瑞兽，地位崇高，一般都以龙自身的样子出现。印度龙王却没那么高的地位，而且外形是蛇头人身，和中国本土的龙逐渐融合，就形成了龙头人身的"龙王"。《西游记》里的龙王，头是中国龙的头，身体却是凡人的身体。这就是融合以后的产物。

比龙王的外形更重要的是，印度传来的龙王和中国的五方龙神相结合，成为中国的水神。于是到了唐朝，唐玄宗亲自册封四海龙王：东海广德王、南海广利王、西海广润王、北海广泽王。这就是四海龙王的起源。而且我猜想，唐玄宗给的这些封号，可能和《西游记》里龙王的名字有关：东海广德王，东海龙王名叫敖广；西海广润王，西海龙王名叫敖闰。

印度龙王不但占据了大海，也遍布江河湖泊。宋朝有个皇族成员叫赵彦卫，写了一部笔记集叫《云麓漫钞》，里面有这么一句："自释氏书入中土，有龙王之说，而河伯无闻矣。"意思是说，自从佛经传入中原，龙王就取代了河伯的地位。河伯是中国文化里原有的水神。语文课本里有一篇课文讲战国时期魏国的西门豹治理邺城，扫除了一项陋习——给河伯娶媳妇。《庄子·秋水》里面也讲，黄河水神河伯以为自己很牛，结果到了北海，才知道海的广大，于是望着海面直叹气——由此产生了一个成语叫"望洋兴叹"。

总之，河伯在中国的地位，逐渐被龙王取代了。不仅河里有龙王，湖里甚至井里都有龙王。说到底，这里的龙王，本来就不是中国原生文化里所说的龙。《西游记》第四十三回说，西海龙王的外甥小鼍龙赶走了黑水河的河伯，自己占据黑水河为王。这其实就是"龙王"取代"河伯"的一个缩影。

而且，印度神话里的龙王，本来地位也不高。根据印度神话，有一种神鸟叫迦楼罗，专门以龙王为食，每天要吃一条大龙王和五百条小龙王。印度龙王是有毒的，毕竟它其实是蛇，所以迦楼罗体内毒素积累到一定程度，就会自焚而死。迦楼罗在中文里一般翻译成"大鹏"。《西游记》里，观音菩萨变化成一个和尚，向唐太宗推销锦斓袈裟，说了这么一句："这袈裟，龙披一缕，免大鹏吞噬之灾。"（第十二回）就是说：这袈裟，龙要是披上一缕，就不会被大鹏吃掉了。这里说的龙，当然也不是中国龙，而是印度龙王，也就是那伽。

总结一下，在《西游记》和《封神演义》这类神魔小说里，龙王的地位都很低。这是因为，他们本来就不是中国龙，而是印度那迦，只是当初被翻译成了"龙王"而已。印度那迦在自己的祖国就地位不高，在中国就更不会多受重视。中国人向龙王爷求雨的习惯，其实是中国的五方龙神和印度的龙王融合以后的结果。所以，当我们在影视剧里看到龙王的时候，要记得这其实不是本地神，而是远方的客人。

17

漂亮女人为什么叫狐狸精？

"狐狸精"是一个常用语，一般用来描述外表迷人、喜欢勾引男人的女性，带有歧视意味。神魔小说里的狐狸成精，一般也带有这种含义。比如《西游记》第六十回，牛魔王有一个相好，他长期和她厮混，冷落了发妻铁扇公主。这个相好叫玉面公主，是一只狐狸精。再比如《西游记》第七十八回，比丘国国王身边的美后与国丈合谋，美后以美色魅惑国王，使国王患病。国丈再趁机进言，让国王下令收集一千一百一十一个小儿的心肝制作药引。这里的国丈，其实是南极仙翁的坐骑白鹿；而魅惑国王的美后，正是一只白面狐狸。

用狐狸来描述女人，这件事其实是有点儿怪的。狐狸虽然长得可爱，但和性感、迷人似乎不沾边儿。要说狐狸招人喜欢，猫猫狗狗也招人喜欢。尤其是猫，颇具魅力。为什么人们要说"狐狸精"，不说"猫精"呢？

我们来讲讲"狐狸精"是怎么来的。

首先需要分清两个概念：狐仙和狐狸精。狐仙在中国历史上是正面形象。比如山西平遥县衙里，专门有个地方供奉狐仙，还把狐仙称为"守印大仙"。这是因为，据说元朝某任平遥县令曾经把官印给丢了，急得团团转，后来一只狐狸帮他把官印给找回来了。于是平遥县衙就世代供奉狐仙。不过，狐狸精是另外一回事，魅惑男人，甚至可能惑乱君王，比如《封神演义》里面的苏妲己。

其实，一直到秦汉时期，狐狸在中国都还是正面形象。《山海经》里就有记载九尾狐的形象，此时的九尾狐只是一种灵兽，并不是妖精。东汉史书《吴越春秋》记载，大禹治水路过涂山，遇到一只九尾狐，认为这是吉兆；又听到当地人唱歌，夸当地的女孩子旺夫，于是他就在当地成家了。秦朝人很敬畏狐狸，认为狐狸有神性，所以陈胜会让吴广装成狐狸的声音去散布"大楚兴，陈胜王"的流言。《艺文类聚》卷九十九引《孝经授神契》曰："德至鸟兽，则狐九尾。"意思是，鸟兽如果有了德行，就表现为狐狸生出九尾。这里的"九尾"并不是妖异，而是德行的象征。汉朝也把狐狸当成是瑞兽。东汉典籍《白虎通》里就说"狐死首丘，不忘本也"。意思是说，狐狸死的时候，头总是朝着自己的洞穴，具有不忘本的美德。

那狐狸怎么就变成勾引男人的狐狸精了呢？这个跟道教的兴起有关。东汉末年，道教开始兴起；魏晋时期，道教走向兴盛。我们知道，道教是讲修炼可以成仙的。这个观念深刻影响了中国的神话。因为修炼的主体从人扩展到了动物，所以就有了狐狸修炼的故事。狐狸本来就被看成是有灵性的瑞兽，而且和龙凤这些瑞兽还不一样——龙凤是虚构的；狐狸不仅真的存在，还很常见。于是狐狸就变成了修炼故事最喜欢的主角。

晋朝葛洪的《抱朴子》里面就记载了一种狐狸精，叫"成阳公"。他们生活在山里，有人进山，只要能正确叫出"成阳公"这三个字，他们就不会伤害你。

不过，成阳公属于那种老老实实修炼的狐狸精；后来传说进一步升级，又产生了作弊的狐狸。东晋时期的郭璞写了一本志怪文集叫《玄中记》，里面就提到，有一种狐狸五十岁可以变化为女人，一百岁还会升级成美女，而且善蛊魅，使人迷惑失智，不知不觉中被吸取精气。这样，这种狐狸就可以快速成仙。我们熟悉的狐狸精，到这里就基本成型了。

东晋还有一本更有名的书叫《搜神记》，里面就提到一个狐狸精，名叫阿紫。说是在东汉末年有个叫王灵孝的武士在守卫边境，一只千年老狐变化成美女，勾引王灵孝去她家跟她同床。王灵孝的上级发现他经常擅离职守，就在晚上带人到城外搜索，终于在荒山野坟找到了王灵孝。王灵孝当时已经听不懂人话了，只是不停地呼唤阿紫。大家把他扶回家，十几天以后他才清醒过来。这里面的狐狸精阿紫，就彻底成为勾引男人的坏妖精了。后世的狐狸精，基本都是这个样子了，最有名的当然就是《封神演义》里的苏妲己。

所以，狐狸精的传说，来源于道教的修炼思想。神话传说偏偏喜欢挑狐狸来当修炼的主角，恰恰是因为狐狸原本是有灵性的瑞兽。

其实，狐狸精反映的是男权社会下男人对女人的一种情结，叫恋畏情结——既留恋美女，又怕美女会祸害自己，甚至祸害自己的事业。

18

太白金星为什么总是当和事佬？

提到太白金星，可能很多朋友都会立刻想到一个仙风道骨、面容和善的白胡子老头。玉皇大帝要招安孙悟空，派的就是太白金星。孙悟空第一次受招安，获封"弼马温"，不高兴了，回到花果山，自称"齐天大圣"。玉帝要兴兵讨伐，又是太白金星劝住了他，说：不过是个虚名而已，就封他做个齐天大圣又怎么样，能不打尽量不打。而且，猪八戒当初调戏嫦娥，论罪当斩，也是太白金星求情，才改成驱逐下界。你看，太白金星总是在当和事佬。

要说这只是《西游记》的人设，那前文也讲过，元代杂剧《沉香太子劈华山》里，华岳三娘想杀死题诗戏弄她的刘彦昌，也是太白金星来劝解的。你看，在这个故事里，太白金星又当了和事佬。

那太白金星为什么总是当和事佬？这里就要说到太白金星的职责了，他在天庭到底是负责干什么的？

其实"太白金星"四个字属于同义反复，太白就是金星，金星就是太白。太阳系原本有九大行星，后来冥王星被开除出列，还剩八大行星。中国古人没有天文望远镜，只能观察到五大行星，就用五行来命名，也就是我们熟悉的金、木、水、火、土五星。所以司马迁在《史记·天官书》中说："天有五星，地有五行。"

中国古人又很浪漫，喜欢给事物找个雅称。比如月亮的雅称是蟾宫、桂魄，太阳的雅称是赤轮、朱曦。那"五星"的雅称是什么呢？

水星的雅称：辰星。

火星的雅称：荧惑星。

木星的雅称：岁星。

土星的雅称：镇星。

金星的雅称：太白星。

所以，"太白"和"金星"其实是一个意思。"太白金星"这个词有点儿啰唆了。你可能还听说金星有个名字叫"长庚"。这就涉及金星的另一个特征了：它时而是晨星，出现在清晨；时而是昏星，出现在黄昏。《诗经·大东》有一句："东有启明，西有长庚。"古人不知道清晨和黄昏出现的都是金星，就把清晨出现的称为"启明"，把黄昏出现的称为"长庚"，并认为黄昏出现的才是金星。五行中"金"属于西方，黄昏出现的金星也位于西方的天空，所以这个命名是有讲究的。

太白金星原本的地位是很高的。在秦汉、隋唐时期的神话中，天帝有六位，最高者为昊天或者东皇，之下为东、南、西、北、中五方大帝；其中西方为白帝。《史记·封禅书》就说："天神贵者太一，太一佐曰五帝。"不过太白金星并不是白帝本尊，而是白帝的儿子。《史记正义》中说："太白者，西方金之精，白帝之子。"这里要注意，太白金星还是一位勇猛善战的战神，因为在五行学说中，西方属金，主杀伐。金为什么主杀伐？因为杀伐要用刀枪，刀枪都是金属做的嘛。所以，可能有朋友以为"金秋"这个词的意思是秋天到了，树叶黄了，金灿灿的一片，其实"金秋"的意思是秋天是杀伐的季节，万物肃杀。

在中国官方信仰中，太白金星象征着战争。所以玄武门之变前夕，有人就对秦王李世民说："太白见秦分，秦王当有天下。"意思是太白星出现在秦地（今陕西甘肃一带）对应的天空，秦王将取得天下。

不过这是官方信仰，民间信仰是另外一种样子。老百姓对战神不关注，乱世人不如太平犬，谁会喜欢打仗？民间信仰最多的当然是财神，很少有人会不喜欢钱。所以民间传说有五路财神：东路比干、西路关羽、南路柴荣、北路赵公明、中路王亥（传说中商国的君主，商汤的六世祖）。再加上东北路的李诡祖、东南路的范蠡、西南路的端木赐（孔子的弟子子贡）、西北路的刘海蟾（全真道北五祖之一），合称"九路财神"。

其中这个李诡祖，就跟今天说的太白金星有关。李诡祖是北魏孝文帝时期的曲梁（今河北省境内）县令。他清廉爱民，发展生产力，让当地老百姓生活有所改善，所以死后受到百姓的祭祀。民间传说李诡祖是太白金星下凡，是"金神"。这里的"金"并不是指兵器和杀伐，而是钱。所以李诡祖又有个称号叫"财帛星君"，财帛也是钱。李诡祖被传成太白金星下凡，于是民间信仰中的太白金星又被称为"李长庚"。到了唐朝，大诗人李白字太白，据说是因为他母亲怀他时梦到了太白金星，正好他和李诡祖还是本家。

李诡祖成了老百姓心中的财神——在老百姓看来，他一定是玉皇大帝身边负责理财的心腹。所以很多地方的玉皇庙里，玉帝塑像在中间，玉帝两边一边是托塔天王，管兵；一边是太白金星，管钱。管钱的人，一般对打仗都比较谨慎。虽说"大炮一响，黄金万两"，但那富的只是少数人，老百姓落不着什么实惠。要想大家共同富裕，最好还是和平发展，和气生财。而且管钱的人一般也认为，大多数事情都可以通过谈判和交易来解决，犯不着动手。太白金星对孙悟空，就是这个态度。

总之，太白金星作为和事佬的形象，和他在民间信仰中作为财神的地位有关。古代塑造中国人集体信仰的，既有朝廷的政治需求，也有老百姓朴素的生活期望。

19

太上老君和玉皇大帝，谁的地位更高？

我们看电视剧《西游记》，好像太上老君是玉皇大帝的臣子，总是对玉皇大帝毕恭毕敬的。但在道教神话中，这俩人谁是谁的领导，那可还不一定。

道教神话体系当中，地位最高的一批神，可以概括为：三清、四御、五老、六司、七元、八极、九曜、十都。接下来咱们就讲前两类神：三清、四御。

三清就是道教地位最高的三位天尊，分别是元始天尊、灵宝天尊和道德天尊。其中道德天尊就是我们熟悉的太上老君，原型就是写《道德经》的老子，也就是道教尊奉的道祖。这里要多说几句，道教在东汉末年刚创立的时候，是没有"三清"这个概念的。到了唐朝，才有了三清，这是为了对标佛教的"三世佛"。

"三世佛"，按空间就是东方药师佛、中央释迦牟尼佛，还有西方阿弥陀佛；按时间就是过去佛燃灯佛、现在佛释迦牟尼佛、未来佛弥勒佛。道教看到"三世佛"这个概念还挺有市场的，于是推出了三清。其实，道教很多概念都是为了跟佛教竞争才产生的，比如佛教有大慈大悲观世音菩萨，那道教就有救苦救难太乙天尊，非要跟你打擂台。

你可能还听过一种说法，叫"一气化三清"。就是说三清是某个神仙吹了一口仙气，化出的三个法身。那到底是谁"一气化三清"呢？答案其实有争议。道教有的派别崇尚太上老君，就说是太上老君"一气化三清"。还有些派别崇尚元始天尊，所以说是元始天尊"一气化三清"。《封神演义》里面采纳的是上清派的说法，所以有了"老子一气化三清"的故事。这里顺便说一下，《封神演义》里面还有个鸿钧老祖，是太上老君的师父，这个完全是小说杜撰的。《封神演义》不是正统的道教神话，存在主观创造。

话说回来。既然太上老君是道教的道祖，那玉皇大帝又是干啥的呢？其实，玉皇大帝本是道教的六御之一。"御"就是统御和管理的意思；"六御"简单说就是六个主管，分别是：昊天金阙至尊玉皇大帝、勾陈上宫天皇大帝、中天北极紫微大帝、东极青华大帝、南极长生大帝、承天效法后土皇地祇。这个时候，玉皇大帝的地位肯定是在太上老君之下的，因为太上老君是三清之一，相当于公司合伙人，玉皇大帝却只是三清手下的六个主管之一。

但后来，六御被简化成了四御，玉皇大帝和青华大帝被拿出来单列了。玉皇大帝被单列，原因之一就是他和民间信仰中的昊天上帝合二为一了。

早在西周时期，昊天上帝就是地位最高的神、天上地下的最高主宰。玉皇大帝是六御之首，在民间也就跟昊天上帝合一了——毕竟那么多神仙也记不住；玉皇大帝、昊天上帝，对人们来说就成了一回事。在唐朝，玉皇大帝就已经成了民间信仰中的最高神。白居易有一首诗叫《梦仙》，讲的是他梦里见到神仙的事，里面就有这么两句："须臾群仙来，相引朝玉京。"你看，群仙要朝拜玉皇大帝——那说明玉皇大帝是仙界的主宰。不过，这个终究只是民间信仰，没有获得官方的承认。

玉皇大帝的地位被官方承认，是在北宋。北宋第三代皇帝是宋真宗赵恒，他的继位存在合法性问题。北宋初年有一个政治神话叫"金匮之盟"。据说宋太祖的母亲杜太后病重，太祖赵匡胤和宰相赵普在一旁服侍。杜太后问赵匡胤："你知道你为什么能得到天下吗？"

赵匡胤赔着小心说："是因为祖宗们行善积德，我这是托了祖宗的福。"

杜太后摇头说："不对。你能得天下，完全是因为后周皇帝柴荣死得早，留下孤儿寡母，且儿子还小，才让你有机可乘。如果后周有一位年长的皇帝，江山哪能轮得到你啊？你死后，要把皇位传给弟弟光义，这样才能避免重蹈后周的覆辙。"

赵匡胤一边流泪磕头，一边答应："您说什么就是什么。"杜太后于是对赵普说："你把这件事记下来。"赵普于是把母子俩的对话写在纸上，藏在一个金匮（同"柜"）里面。后来，赵匡胤于"烛影斧声"中暴死。赵光义继位以后，赵普就从金匮里拿出当时的记录，为赵光义做证。

这件事疑云重重。虽说《宋史》里也说金匮之盟是这么回事，但后世谁也没亲眼见过那张纸长什么样。就算真有那张纸，赵普和赵光义合谋伪造一张，等赵光义继位时拿出来，这又有何难呢？于是，民间就产生了各种各样的流言。有人说根本没这么回事；还有人说，这件事有是有，但金匮之盟不仅约定了赵匡胤要传位给赵光义，还约定了赵光义死后要传位给弟弟赵廷美，接着再传给赵匡胤的儿子赵德昭——这样皇位就又回到了赵匡胤一脉。

但是宋太宗死后，却把皇位直接传给了自己的儿子赵恒，这就是宋真宗。于是老百姓就背后戳赵恒脊梁骨，说皇位怎么也轮不着这小子啊！那赵恒该怎么办呢？要说他也真挺绝的，居然说自己梦见仙人传他玉皇大帝的诏书，说宋朝顺应天命，是人间正统。为什么要扯上玉皇大帝呢？因为当时的老百姓普遍相信玉皇大帝是天庭的最高统治者，跟人间的皇帝差不多。宋真宗为了坐实自己是玉皇大帝派来统治人间的，又册封玉皇大帝为"太上开天执符御历含真体道玉皇大天帝"，甚至去泰山封禅，答谢玉皇大帝的任命。从此以后，玉皇大帝得到官方盖章承认，真正成为众神的领袖。

但这里有个问题，道教仍然认为太上老君才是道祖。那怎么办呢？很简单，各论各的。道教认太上老君，朝廷和民间认玉帝。所以在《西游记》里面，玉皇大帝和太上老君的关系很微妙。太上老君对玉帝要行礼，玉帝对太上老君也很尊重，听说太上老君来了，还要亲自迎接。但总而言之，在朝廷和百姓这里，玉皇大帝的地位比太上老君的要高。

20

天尊、帝君、星君、真人有什么区别？

中国神仙体系里面，天尊、帝君、星君和真人，都是很常见的称号。那它们到底有什么区别？

先说天尊。道教神话体系里面地位最高的就是天尊，其中最有名的是元始天尊、灵宝天尊、道德天尊，合称三清。上一篇提到，道教创造"三清"，其实是为了对抗佛教的"三世佛"。不过"三清"并不是一个草率粗糙的体系，它其实反映了道教的创世神话。

道教认为天地开辟经历过三个阶段：洪元、混元、太初。

洪元就是天地未分之时，清浊未判，一团混沌，有点儿类似《圣经·创世纪》中提到的"起初，神创造天地。地是空虚混沌，渊面黑暗；神的灵运行在水面上"。在道教神话中，这个"神"就是元始天尊。不过，元始天尊只是"道"在洪元阶段的化身。或者说，在《圣经》神话里，上帝耶和华就是最高的创世神，但在道教神话中，孕育天地的是"道"，元始天尊只是"道"的化身之一。

接下来是混元。混元就是从洪元中分出了阴、阳二气，阴、阳相互作用，开始孕育天地。这类似于《圣经·创世纪》中说的"神看光是好的，就把光暗分开了"。这一阶段对应的神是灵宝天尊，或者说"道"在这一阶段的化身是灵宝天尊。

太初就是阴、阳二气最终形成天地，世界初步开辟，这一阶段对应的是道德天尊，也就是太上老君。这个过程用《道德经》里的话，就叫"道生一，一生二，二生三，三生万物"。所以，道教的三清，对应的其实就是道孕育天地的过程。

除了三清，道教还有几位著名的天尊。比如玉皇大帝，全称是"太上开天执符御历含真体道金阙云宫九穹御历万道无为大道明殿昊天金阙至尊玉皇赦罪大天尊玄穹高上帝"，《西游记》里面，就曾经称呼玉帝为"玉皇大天尊"。

《西游记》里还有太乙救苦天尊，他的坐骑是九灵元圣，就是玉华州的那只九头狮子。民间传说，一个人遇上危难，只要念诵太乙救苦天尊的名号，他就会下来拯救你。其实这是道教为了对标佛教的大慈大悲观世音菩萨，推出了救苦救难太乙天尊——这样才能吸引老百姓。《西游记》里还有一位荡魔天尊，道场在武当山。孙悟空降服猪刚鬣之前，曾经变化成高家小姐，说："我家要请法师来抓你。"猪刚鬣大笑，说："就是你老子有虔心，请下九天荡魔祖师来，我也不怕。"这里的九天荡魔祖师，就是指荡魔天尊。孙悟空为了消灭黄眉老妖，就曾去过武当山向荡魔天尊求助。民间还有一位知名度比较高的天尊——九天应元雷声普化天尊，是雷部的最高神。我们说负责打雷的是雷公，其实雷部诸司中有三十六位雷公，都是九天应元雷声普化天尊的部下。

总之，道教里被称为"天尊"的，都是地位最高的一批神。

那什么是帝君呢？帝君本来是对五方五帝的称呼，东为青帝，南为赤帝，西为白帝，北为黑帝，居中的叫黄帝。但后来"帝君"这个词的含义扩大化，很多中层的神仙，只要有个能说了算的管辖领域，都可以称作帝君。比如关羽，被后世封为关圣帝君，他也是民间信仰中的武财神。再比如东华帝君，他在道教神话里又叫东王公，据说是男仙之首；和他并列的还有西王母，是女仙之首。据说修道成仙以后要先拜东王公，再拜西王母，然后才能去拜见三清。

再说星君。这就比较简单，星君就是星星的主人。古人相信每颗有名的星星都有一个神在主管。前文讲到玉兔的主人是太阴星君，太阴就是月亮，太阴星君就是月神。《西游记》第五十一回，孙悟空为了对付青牛精（独角兕大王）的金刚琢，请来了水德星君和火德星君，以水、火夹攻。这两位其实分别就是水星和火星的主人。

中国民间最熟悉的星君可能是文曲星君。文曲星就是北斗七星的第四星天权。官方信仰是文曲星君主管文运，民间则认为历史上的许多名臣宰相都是文曲星转世，其中最有名的莫过于北宋包拯的传说。《白蛇传》中许仙和白娘子的儿子许仕林，也被塑造为文曲星转世。

最后说真人。道教把修仙得道的人都称为"真人"，这个词最早出自《庄子·大宗师》："古之真人，其寝不梦，其觉无忧，其食不甘，其息深深。"《黄帝内经》中也说："上古有真人者，提挈天地，把握阴阳，呼吸精气，独立守神，肌肉若一，故能寿敝天地，无有终时，此其道生。"意思是说，上古时期的真人们善于修行，所以和天地同寿。后世就把有道之人称为"真人"。唐朝官方还把庄子、列子都追封为真人。

真人还有一个来历，就是天师的改称。道教本来有张天师，世代居住在龙虎山。朱元璋建立明朝以后，召见当时的第四十三代天师张宇初。据说张宇初兴冲冲地跑过去参拜新君，张口就说自己是张天师。朱元璋一声怒喝："天哪有老师？以后你只许叫真人！"还收走了天师印，改为真人印。这成为"真人"称号的另一个来源。

我们最熟悉的真人，可能要数哪吒的师父太乙真人。他虽然也叫"太乙"，但和太乙救苦天尊不是一回事，而是昆仑玉虚十二上仙中的第五仙、清微教教主——当然这些都是《封神演义》中的杜撰。道教正统神话中并没有太乙真人这号神仙，但是道教中确实有一派叫清微派。清微派供奉的是太乙救苦天尊和上清紫微碧玉宫太乙大天帝——这两位很可能就是太乙真人的原型。

当然，因为道教神话体系异常复杂，以上这些称号，也可能有交集，某些神仙可能有两个甚至多个称号。比如荡魔天尊，又叫真武大帝；东华帝君除了叫东王公，还被称作扶桑大帝。这里就不展开说了。

21

偷袈裟的黑熊精，为什么能被观音收编？

本篇我们来讲黑熊精。黑熊精又名熊罴怪，也就是偷袈裟的那头熊。

黑熊精在《西游记》的妖怪里非常特殊，他虽然是个贼，却是个雅贼，很有文化修养。他过生日给朋友发请帖的时候，还把生日称为"母难之日"。自己的生日就是母亲经历劫难的日子，黑熊精挺懂事的。而且，黑熊精的审美水平也不低。别的妖怪都是在荒山野岭占个阴森洞府，一进去就是尸山血海，吓死个人。黑熊精却不一样，观音菩萨曾经和孙悟空一起参观了黑熊精家门口，看到的景象是：

> 崖深岫险，果是妖邪出没人烟少；柏苍松翠，也可仙真修隐道情多。山有洞，洞有泉，潺潺流水咽鸣琴，便堪洗耳；崖有鹿，林有鹤，幽幽仙籁动间岑，亦可赏心。（第十七回）

就连观音菩萨也忍不住欢喜赞叹："这孽畜占了这座山洞，却是也有些道分。"

这个黑熊精还是《西游记》里最走运的妖精，没什么背景，但最后给观音菩萨当了守山大神。为什么黑熊精能有这样的造化呢？表面上看，是因为他潜心修行，很有觉悟，其实还跟这个故事的原型有关。因为黑熊精偷袈裟的故事，其实来自《六祖坛经》。

六祖就是禅宗六祖惠能。禅宗的谱系，是初祖达摩、二祖慧可、三祖僧璨、四祖道信、五祖弘忍，再到六祖惠能。而且其实在惠能这里，禅宗分裂出了南、北宗，惠能是南宗，还有一位北宗祖师叫神秀。黑熊精偷袈裟的故事，其实就来自禅宗南、北宗之间的对立。

这个故事大家可能听过，五祖弘忍快要圆寂的时候，要传衣钵。"衣"就是佛教的圣物木棉袈裟。据说木棉袈裟原本是佛祖释迦牟尼的随身之物，一日佛祖在灵鹫山说法，拈了一朵花给众人看。众人都默然不语，只有迦叶尊者面露微笑。释迦牟尼很赏识迦叶尊者，就把木棉袈裟脱下来送给他；历经二十八代之后，传给达摩祖师。达摩不远万里来到中国，成为禅宗初祖，于是木棉袈裟就在禅宗内部代代相传。而"钵"就是钵盂，吃饭用的。唐僧在灵山拿来贿赂阿傩、迦叶的人事（礼物），就是一个紫金钵盂。衣钵其实代表地位，弘忍把衣钵传给谁，谁就是禅宗的下一任祖师。

当时弘忍给弟子们出了一道题，让他们每人写一道偈子，谁写得好，衣钵就传给谁。偈子就是暗含佛法的短诗。弘忍的大弟子神秀在墙上写了一首偈子：

> 身是菩提树，心如明镜台。
> 时时勤拂拭，莫使惹尘埃。

弘忍看了以后，跟弟子们说："你们都要去给神秀的偈子下拜。按这首偈子的说法去做，你们就不会堕落。"大家就都去墙边拜这首偈子。当时寺院里有个和尚叫惠能，平常负责舂米，就是给稻谷去壳。他不识字，听人把神秀的偈子念了一遍，不以为然，就念了一首偈子，让旁人代写在墙上。这首更有名：

> 菩提本无树，明镜亦非台。
> 本来无一物，何处惹尘埃。

弘忍看到了这首偈子，当时说写得不行，"犹未见性"，即修为还不到家。但等人散了以后，弘忍单独去舂米的地方见惠能，用禅杖敲打了三下舂米用的石碓，也就是石头做的舂米锤。惠能一下就明白了，于是半夜三鼓时分就去找弘忍求教。这个故事你是不是觉得很熟悉？是的，《西游记》里写菩提老祖教孙悟空本事，化用了这一段。

弘忍半夜和惠能单独见面，说："白天我不方便跟你说，是怕有人害你。你已经明心见性，我把衣钵传给你。但你要带着衣钵赶紧往南边跑路，别被人给害了。"等惠能跑了以后，弘忍才告诉弟子们，自己已经把衣钵传给了惠能，惠能已经走了。结果很多弟子为神秀打抱不平，说要去把衣钵抢回来。神秀却说："我们应该向惠能虚心求法，不能强夺。"

有的人被他劝住了，有的人还是不服，就马上去追惠能。惠能躲在广东韶关曹溪宝林寺前的大山里，这群人就放火烧山，想要逼惠能把衣钵交出来。这在《西游记》里面，就改编成金池长老为了得到袈裟，火烧观音禅院的事情。惠能后来躲在一块大石的石头缝里，等火灭了才出来。这块石头现在还在，叫六祖避难石。从此，禅宗分出了南、北宗。南宗尊奉惠能为祖师，遵循"顿悟"法门，认为开悟靠的是不断做减法，什么时候还原了本心，也就成佛了。北宗遵循神秀为祖师，遵循"渐悟"法门，认为开悟靠的是不断做加法，刻苦修行积累，功夫到了，自会成佛。这就是禅宗历史上的"顿渐之争"。

追杀六祖惠能的和尚当中，有一位叫惠明。惠明追上了惠能，威逼他交出衣钵。惠能就对他说法，惠明被感化了，做了惠能的弟子，还帮惠能把追杀的人群给引开了。于是惠能才得脱大难，最后开创了禅宗的南宗。

这位被惠能点化的惠明和尚，出家之前是一位四品将军。《西游记》里偷袈裟的黑熊精，也是一副将军的装扮。《西游记》第十七回里描述他的装扮是：

碗子铁盔火漆光，乌金铠甲亮辉煌。

皂罗袍罩风兜袖，黑绿丝绦鞾穗长。

　　这里的"碗子铁盔"应该就是笠形盔，是明朝将军的标准配装，它看上去就像倒扣的碗。"乌金铠甲""皂罗袍"，这些也都是明军常见的装备。《西游记》是明朝人写的，黑熊精也是按明朝将军的外表去塑造的。这其实就是在致敬惠明和尚，因为他出家之前就是将军。黑熊精又是一位颇有修为的妖精，这是因为历史上的惠明和尚也是一代高僧。黑熊精最后被观音收编，也是暗指惠明和尚后来拜六祖惠能为师。

　　总之，金池长老放火、黑熊精偷袈裟的故事，其实是化用了《六祖坛经》里的这段公案。《西游记》里面化用佛教故事和历史典故的地方还有很多，在接下来的篇目里，我们慢慢讲。

22

猪八戒的"八戒"是什么意思?

猪八戒的法号叫猪悟能,"八戒"是唐僧收他为徒时送他的别名。为什么猪八戒还得有个别名?因为猪八戒在历史上有个原型,叫"朱八戒",只是他的姓氏是朱红的"朱",不是猪猡的"猪"。这也很合逻辑,现实中姓"猪"的不是没有,但是极少,大多数人可能一辈子也遇不到。

这位朱八戒是干什么的呢?历史上的朱八戒,其实是一代高僧,而且是中国历史上第一位受过戒的和尚。

朱八戒的本名叫朱士行,出生于东汉末年。他出生那年,曹操正在忙着平定河北,和袁绍的儿子们打仗。因为家境贫寒,朱士行小小年纪就出家为僧,但他一直没有受过戒,属于编外和尚。这倒不是因为他的问题,那个时候中华大地上就没有受过戒的和尚。当时佛教刚传入中国不久,还没有制定僧人受戒的仪式。于是朱士行这编外和尚,一当就是四十多年,直到他四十八岁那年,才终于迎来受戒的机会。

这一年,洛阳来了一位印度高僧,在洛阳白马寺建造了第一座戒坛，朱士行成为第一位受戒的僧人，并获得了一个法号叫"八戒"。八戒是指八条戒律，具体内容包括：一戒杀生，二戒偷盗，三戒淫邪，四戒妄语，五戒饮酒，六戒着香华，七戒坐卧高广大床，八戒非时食。其中，第六戒是不戴花环，不在身上涂抹香料；第七戒是不要坐在或躺在宽大豪华的家具上，因为人这么一躺就浑身都软了，精神也涣散了（我们现代人应该都很有体会）；第八戒是不要在不该吃饭的时候吃饭，具体来说就是所谓"过午不食"，即从日中正午到第二天清晨的这段时间就不再进食，只能喝一点儿流汁。所谓流汁还不能太稠，蜂蜜水和果汁这些是可以的，牛奶或者芝麻糊那种就不行了，因为这些约等于干饭。

朱士行受戒以后，还做了一件大事。他在洛阳钻研《小品般若经》，觉得有些地方说不通，于是决定去西域求取《大品般若经》，最后成功让这部经书传到中原。朱士行或者说朱八戒，是中国历史上西天取经的第一人。后来，朱士行的形象和其他神话形象结合，在《西游记》里被定型为我们熟悉的猪八戒。

但是请注意，《西游记》里的猪八戒，这个"八戒"的含义，却并不是前文说的八条戒律。原著里面说，猪八戒还叫猪刚鬣的时候，在观音菩萨那里受戒，断了五荤三厌，唐僧因此给他起了个别名叫"八戒"——五荤三厌，加起来正好是八条戒律嘛。那么五荤三厌又是什么呢？

首先来看五荤。我们今天说的荤，一般是指肉食。但其实荤的本义，是有刺激性气味的菜。你看这个"荤"字，它有个草字头，说明它和草有关。肉食在古代其实叫"腥"，二者合起来叫"荤腥"。那五荤是哪五荤呢？按佛教最原始的说法，分别是大蒜、小蒜、兴渠、慈葱、茖（gé）葱。其中，兴渠比较不常见，是一种原产于印度和伊朗等地方的蔬菜，可以长到两尺[1]高，味道有点儿像蒜；慈葱就是葱；茖葱就是薤（xiè）。什么是薤呢？薤在中国某些地方又叫藠（jiào）头，是一种像葱又不是葱的蔬菜。湖北武汉的朋友可能知道舒安藠头，江西南昌的朋友可能吃过红谷滩的生米藠头。总之，五荤的共同特点，是吃了嘴里会有味道，气息会变得浑浊，所以才不让吃。你大概发现了，佛教的戒律大多目的都是让人神志清明，不要耽误修行。

那三厌又是什么呢？这其实是道教的规矩。三厌指的是三种肉：大雁、狗和乌鱼的肉。这三种肉为什么不让吃？药王孙思邈有一首《孙真人卫生歌》，里面有这么两句：

雁有序兮犬有义，黑鲤朝北知臣礼。

人无礼义反食之，天地神明俱不喜。

意思是说：大雁飞行有秩序，狗对人有情义，黑鲤（乌鱼）总是头朝北，知道君臣之礼。人们要是不顾礼义而吃了它

---

1 两尺：约合0.67米。

们，天地神明都会不高兴。这里要解释一下：据说乌鱼能够感知地球磁场，休息时头总是朝向北边。而中国的君王讲究"坐北朝南"，臣子自然要坐南朝北。所以说乌鱼有臣子之礼。总之，大雁、狗、乌鱼这三种动物都通晓人类的规矩，所以吃不得。

关于"三厌"还有一种说法，是把乌鱼换成了乌龟，明代一本文人笔记《涌幢小品》里面就持这种说法。这本书的作者叫朱国祯，当过天启年间的内阁首辅。他说大雁有夫妇之伦，因为据说大雁一辈子只有一个配偶；狗有护主之情；乌龟有君臣忠敬之心，这可能是因为乌龟总是背着龟壳匍匐前行，很像臣子面向君王跪拜的姿态。总之，道家不让吃大雁、狗和乌龟这三种动物，合称"三厌"。

这里有个问题，猪八戒明明皈依的是佛家，为什么还要遵守道家的"三厌"呢？我在本书第二篇就说过，《西游记》当中很多地方都体现了全真教"三教合一"的思想，所以五荤、三厌这里也给放在一块儿了。

总结一下，历史上的高僧朱八戒的"八戒"，是佛教的八条戒律。而猪八戒的"八戒"，却是五荤加上三厌。两者的意思，其实是不一样的。

23

猪八戒的武器为啥是个钉耙？

钉耙更像是农具，不太像兵器。当然，按照戏曲界的说法，十八般兵器里面是有耙子的。不过十八般兵器的最初版本里是没有耙子的。戏曲界引入耙子这种兵器，可能本来就跟猪八戒有关。历史上把耙子当兵器的人，有点儿名气的只有戚继光，他发明的打倭寇的鸳鸯阵，里面就有人专门用耙子。这种耙子学名叫"镗钯"，形状像马叉，上面有利刃，刃下横两股，向上弯。镗钯的功能不是直接造成伤害，而是阻止敌人前进，然后其他人趁机用长矛去攻击敌人。

总之，钉耙就算是兵器，也是一种比较冷门儿的兵器。猪八戒是《西游记》的主角之一，为什么要用这么冷门儿的兵器呢？

这就要说到猪八戒钉耙的实际功能了。在《西游记》原著里，钉耙的全名叫"上宝沁金耙"，有的版本又叫"上宝逊金耙"。打造钉耙的人很有来头——太上老君亲自打造。原著里面说："此是锻炼神冰铁，磨琢成工光皎洁。老君自己动钤锤，荧惑亲身添炭屑。"（第十九回）太上老君打造钉耙，是送给猪八戒的吗？并不是，他打好以后送给了玉皇大帝。玉皇大帝拿去做什么呢？原著里说是："名为上宝逊金钯，进与玉皇镇丹阙。"（同上）所谓"镇丹阙"，就是放在宫廷里当礼器。用钉耙当礼器，这可能是因为中国古代有重农的传统，钉耙是农具，可以体现重农的观念。毕竟《西游记》里其实就是照着人间帝王的样子去写玉皇大帝的。

玉皇大帝后来又把钉耙转送给了猪八戒的前身天蓬元帅，而且本来也并不是给他当兵器用。原文是："因我修成大罗仙，为吾养就长生客。敕封元帅号天蓬，钦赐钉耙为御节。"（同上）就是说，玉帝把钉耙送给天蓬元帅当御节。什么叫"御节"？就是御赐符节，古代皇帝给臣子的一种凭证，这个凭证可以代表皇帝的意志。比如虎符，就是一种御节。汉朝苏武牧羊的故事里面，苏武作为汉朝的使臣，手里一直拿着一根节杖，始终没有抛弃。这个节杖也属于御节。

所以，钉耙即使在天蓬元帅手上，原本也并不是兵器，而是一种权力的凭证。那天蓬元帅用什么兵器呢？原著里面，观音菩萨刚遇到猪八戒的时候，他除了有钉耙，还背着一张弓。原文是："手执钉耙龙探爪，腰挎弯弓月半轮。"（第八回）这个弯弓，有可能是天蓬元帅的主要武器。因为天蓬元帅主管天河水军，水上作战，弓箭比较好用。《三国演义》里面，周瑜就问过诸葛亮："水上作战，什么兵器最好用？"诸葛亮说，应该用弓箭。于是周瑜说："那你就给我造十万支箭吧。"于是就有了草船借箭的故事。所以，天蓬元帅用弓箭，合情合理。至于钉耙，它先是礼器，再是御节，最后才变成兵器。而且它本来可能只是猪八戒的辅助武器，作为首要武器的弓箭后来写着写着就没了。这可能是因为作者觉得，一头猪挥舞着钉耙，看上去更有文学性吧。

这里顺便再聊聊，猪八戒的钉耙有多重。这个原著里明确说了，猪八戒的九齿钉耙和沙和尚的降妖宝杖都是5048斤，原著里管这个叫"一藏之数"。什么是一藏之数，后面再讲。《西游记》里面，5048这个数字多次出现。唐僧从西天取回的经文，一共是5048卷。原著里，如来佛祖说，他那里有佛法三藏，但怕东土之人看不懂。于是如来佛祖让人从各类经文中给他们挑选了一些，让唐僧带回去。而佛祖的三藏之数是多少呢？共计35部，15 144卷，刚好就是5048乘以3。

这还不算完，就连唐僧师徒取经的时间，也是5048天。原著里说，唐僧师徒拿到经书，离开以后，观音菩萨算了一下，说取经一共花了5040天，还差8天才满一藏之数。如来佛祖听到以后，让八大金刚赶紧去护送唐僧师徒，确保他们在8天内送完经书并回来，凑齐5048天。

回东土期间，唐僧师徒还经历了最后一难，这里先按下不表。且说唐僧师徒落地以后见了唐太宗，唐太宗很惊喜，各种安排接待，然后给唐僧专门安排了一场法会，让唐僧上台讲经。结果唐僧上台，清了清嗓子，刚要开口说话时，就听到半空中八大金刚高喊，让他们赶紧回西天去。于是，唐僧把手中经书丢下，就和他们飞走了。注意，原著在这里就是用了个"丢"字，是不是很传神？成佛要紧！

所以，九齿钉耙和降妖宝杖的重量、唐僧取回经文的数量，甚至取经的时间，都是一藏之数：5048。一藏之数为什么是5048？这个数字是怎么来的呢？这里揭晓一下答案。你可能以为这是什么神秘数字，其实说破了也很简单。唐玄宗时期对汉文的《大藏经》进行过整理，一共是5048卷。所谓《大藏经》，又叫"一切经"，就是佛教所有典籍的总和。于是，5048就变成了"一藏之数"。

后来，《大藏经》不断有经卷失传，又不断有新的经卷补充进来。但民间仍然习惯说一藏之数就是5048。北宋初期又开始重新整理《大藏经》，历经宋太祖和宋太宗两代皇帝，最终整理完成。因为是从宋太祖开宝年间开始整理的，所以整理的成果又叫《开宝藏》。开宝藏有多少卷呢？也是5048卷。这是北宋朝廷故意为之，因为一藏之数它就是5048。

所以，5048这个数字并没有什么神秘力量，它就是偶然造成的习惯。但在历史上，习惯往往是最有力量的东西。

24

悟空、悟能、悟净，分别是什么意思？

唐僧这三个徒弟——悟空、悟能、悟净，名字其实很有来历，代表修行的三层境界。不过要想说清楚，咱们得倒过来说，先说悟净。

什么是悟净？就是了悟清净，知道远离污浊、寻求净土。许多人想要提高修为，出发点其实就是觉得世界污浊，想要寻求清净世界。但这个清净不是逃避现实，而是在现实中开辟一块净土，如陶渊明诗云："结庐在人境，而无车马喧。"甚至发上等愿，变浊世为净土。如佛祖释迦牟尼即是见到生老病死才生清净心，发愿要为众生寻求解脱之道。所以在《西游记》里面，悟净是立志修行的开端，代表一种决心和信念。

在日本历史上，终结战国乱世的德川家康，就在自己的旗帜上写下八个大字：厌离秽土，欣求净土。字面意思是厌恶这个肮脏的世界，向往一个清净的世界。这其实是他在表达自己结束乱世、统一日本、开创太平盛世的决心。

接着说悟能。悟能就是通过修行，获得一定的能力。怎样获得能力呢？通过守戒，就是严守戒律，提高自己的定力和心性。定力、心性提升，智慧和能力也会跟着增长。这就是佛法说的：戒生定，定生慧。所以猪悟能还有个名字叫八戒。八戒是什么意思，前文已经讲过，这里就不展开说了。总之守住了戒律，才能增长能力。

《列子·汤问》中有"纪昌学射"的典故，说纪昌向神箭手飞卫学习射箭。飞卫说，要想练好射箭，就要先学会不眨眼睛。纪昌就回家盯着妻子织布时不断移动的梭子，努力不眨眼。就这样练了三年，终于练到即使用锥子戳他的眼皮，他也不会眨眼。纪昌去告诉飞卫，飞卫又对他说，这还不够，还要练到把小的东西看得很大（视微如著），把模糊的东西看得清晰。于是纪昌就回家用牛毛吊起一只虱子，放在窗边，每天盯着看。十天过后，他觉得虱子似乎变大了。三年后，纪昌看虱子已经有车轮那么大了，他看别的东西都有山丘那么大。于是纪昌弯弓搭箭，一箭射中虱子，牛毛却没有断。纪昌去告诉飞卫，飞卫大喜，说："你已经掌握射箭的奥秘了！"

这个故事显然有所夸张，但其实也是在说"戒生定，定生慧"的道理。飞卫让纪昌练不眨眼和视微如著的功夫，其实就是令其持戒，去除杂念，锻炼定力。定力练就，箭术自然水到渠成。

最后来说悟空。悟空的意思，就是觉悟空性。佛家讲"色即是空"——这里的"色"，既不是专指颜色，也不是专指美色，但它包括了一切的颜色和美色。什么意思呢？在佛学中，

"色"是指一切事物的外在表象。比如，这里有一张桌子，你看到了它的颜色跟形状，你触摸到了它的质感和温度，敲两下还能听到它的声音。颜色、形状、质感、温度、声音，这些都是你通过感官接收到的信息。这些信息结合到一起，就是一张桌子，这就是"色"。

为什么说"色即是空"呢？因为一切色相都是相对的、暂时的，在无常中随时会变化。我们还说这张桌子，它曾经不是桌子，而是山间的树，被人砍倒了，变成木头，再送到家具厂，加工组装一下，有了放东西的功能。然后我们给它取个名字，叫"桌子"。如果有一天它坏了，塌了，被送到废品厂，大卸八块，那还有人叫它桌子吗？不会，只会叫它"一堆烂木头"。

所以"桌子"现在被我们感受到的状态，比如外形是方形的，颜色是白色的，功能是可以放东西，这些统统是"色"；而色的本质是"空"。这个空不是虚无，而是"空性"，什么是空性？就是"因缘聚合"。各种因缘聚合在一起，桌子才成为桌子。哪天这些因缘离散了，比如桌子塌了，它也就不再是桌子了。所以，佛学说"色即是空"，同时"因果不空"。因果就是因缘聚散，这是真实存在的。对于因缘聚散，我们一方面要重视，就是不要在意万事万物现在的状态，而要在意其背后的因果关系；另一方面，也要随顺，因为某些因缘聚散，并不一定能随我们的心意。所以佛教老是说要随缘，就是这个意思。

孙悟空是唐僧的大弟子，也代表修为的最高境界，就是觉悟空性。在取经归来的路上，孙悟空已经表现出了这种境界。当时经书泡在通天河里弄湿了，唐僧师徒在石头上晒经，不小心把《佛本行经》弄破了，导致真经不全。唐僧很懊悔，孙悟空却很豁达，说："天地本就不全，真经不全，不正是应了天地的奥妙吗？"你看，孙悟空就并不执着于真经是否完整，那不过是色相。真经本来好好的，然后掉水里，然后晒干了，但又弄破了——这些都在反映空性。孙悟空不执着于此，这就叫"不住色生心"。

总之，悟净、悟能、悟空，代表修行的三重境界。王国维先生说的人生的三重境界，恰好对应这三个名字。

第一层境界："昨夜西风凋碧树。独上高楼，望尽天涯路。"就是在混乱之中，决心要寻找一条道路。这就叫"悟净"，代表立志和发心。

第二层境界："衣带渐宽终不悔，为伊消得人憔悴。"就是为了自己的志向去坚定持戒，努力付出。这就叫"悟能"，代表自律和精进。

第三层境界："众里寻他千百度。蓦然回首，那人却在，灯火阑珊处。"就是在努力之后，终于豁然领悟，而且返璞归真，无所牵绊。这就叫"悟空"。

悟净、悟能、悟空，是有志之士都要走过的路。

25

唐僧师徒对应的五行分别是什么？

　　《西游记》原著里面有很多哑谜，比如金公、木母，看上去好像跟五行有关系。其实，唐僧师徒也确实和五行有对应。今天我们就来说道说道。

　　先说孙悟空。孙悟空其实就是金公，五行属金。原著里多次用"金公"来描述孙悟空，比如第八十六回回目里面就说"金公施法灭妖邪"。这一回讲的是孙悟空剿灭南山大王的洞府，南山大王就是豹子精。那金公到底是什么玩意儿呢？并不是姓金的老公公。"金""公"合在一起就是"鉛"。这个字念"qiān"，是"铅"的古字。《西游记》很多章节都在暗指炼丹，铅就是炼丹的原料。当然铅对人体有害，咱们知道就行，不要模仿。炼丹讲"真铅生庚"，庚（五行属金）是天干，对应的地支是申（五行属金），对应的生肖是猴。所以孙悟空是金公，五行属金。而且，五行说土生金，孙悟空是从石头里蹦出来的。金还代表刑杀，所以肃杀的秋天叫"金秋"；孙悟空脾气暴躁，杀伐之气也很重。总之，孙悟空各种特征都对应五行中的金。

再说猪八戒，猪八戒五行属木，原著里叫木母。《西游记》第三十二回回目是"平顶山功曹传信　莲花洞木母逢灾"，说的是猪八戒被金角大王、银角大王抓到平顶山莲花洞的事；这里的"木母"说的就是猪八戒。有人说，猪八戒应该属水，因为五行中水生木，木之母自然就是水。这种说法有一定道理，但不符合《西游记》原著。因为原著非常简单粗暴，在某些地方直接把猪八戒称为"木"。比如第四十七回回目是"圣僧夜阻通天水　金木垂慈救小童"。这一回说的是唐僧师徒来到通天河，听说当地的灵感大王要吃童男童女。孙悟空和猪八戒就分别变化成陈家庄的两个孩子陈关保和一秤金，假意被献给灵感大王。你看，"金木垂慈救小童"，救小童的是孙悟空和猪八戒，孙悟空是金，那猪八戒自然是木。原著里还有一处细节也在暗示猪八戒的五行属性。猪八戒刚登场时的扮相是这样的：

　　只见半空里来了一个妖精，果然生得丑陋：黑脸短毛，长喙大耳；穿一领青不青、蓝不蓝的梭布直裰。（第十八回）

注意，"青不青、蓝不蓝"这种颜色，在五行中对应"木"。所以，《西游记》作者把猪八戒称作木母，有时又简称"木"。

为什么猪八戒叫木母？因为炼丹家把汞称作"木母"，而且他们还讲"木母生亥"，亥是地支，对应的生肖是猪，所以木母就是猪。当然，水银也是有害的，要注意远离。炼丹家讲铅、汞要配合，孙悟空是铅，猪八戒是汞，所以俩人经常并肩作战。同时，五行又讲金克木，所以属金的孙悟空总是欺负属木的猪八戒。

接着是沙和尚，沙和尚五行属土。原著第八十九回回目是"黄狮精虚设钉耙宴　金木土计闹豹头山"。这一回讲的是玉华州的黄狮精偷走孙悟空他们哥儿仨的兵器，然后哥儿仨就去大闹了一番，把黄狮精的洞府都给拆了。回目里的"金木土"指的就是他们哥儿仨，孙悟空是金，猪八戒是木，那沙和尚自然就是土。沙和尚为什么是土？《西游记》里又把沙和尚称为"黄婆"，比如第五十三回回目是"禅主吞餐怀鬼孕　黄婆运水解邪胎"。这一回讲的是唐僧误喝子母河水而怀孕，孙悟空和沙和尚一起去取落胎泉水给唐僧喝。孙悟空和守卫泉水的如意真仙打斗，负责取水的是沙和尚，所以"黄婆"指的就是沙和尚。那"黄婆"是什么呢？黄婆指的是人的脾脏，脾脏在五行中属土。沙和尚为啥和脾脏搭上关系呢？中国传统文化认为，脾脏可以生津，滋润五脏。沙和尚在团队里也是这么一个润滑剂的作用，擅长调和矛盾。而且，沙和尚在人间的老家是流沙河，在早期西游故事里，流沙河并不是一条真的河，而是沙漠里面的流沙。沙和尚是在流沙里面打滚儿，那当然一身都是土。而且流沙是黄色，五行中黄色也是对应土。所以沙和尚五行属土。

五行金、木、水、火、土，还剩水和火。这里有争议，有人说唐僧属火，白龙马属水；还有人说唐僧属水，白龙马属火。说唐僧属火，是因为唐僧能克制属金的孙悟空，五行之中火能克金；而且唐僧穿着火红的袈裟，颜色上也对应火。说白龙马属水的原因很简单，因为他是水族。另一种说法是唐僧属水，因为他小名叫江流儿。唐僧的父亲在去外地做官途中被水贼打死；已经怀孕的母亲被水贼掳走，偷偷生下儿子，放进木盆，让他随江水漂走。唐僧出生时就和水有缘。白龙马属火，因为在《西游记》相关的杂剧故事中，白龙马原名叫"火龙三太子"，他是一条会喷火的龙。而且五行中的火，对应地支中的午、生肖中的马，所以说白龙马属火。

其实，我觉得后一种说法更有道理，因为是唐僧骑着白龙马，不是白龙马骑着唐僧。唐僧属水，白龙马属火，水能克火，才能体现出是唐僧在驾驭着白龙马。至于唐僧和孙悟空的五行关系，唐僧属水，孙悟空属金，五行中金生水，表示孙悟空能够辅佐唐僧，这样也能说得通。毕竟在唐僧和孙悟空的关系中，团结合作才是主流，矛盾斗争那都是取经途中的小插曲。大家既然是师徒，那还是要团结一致向前看。

关于唐僧师徒的五行属性，就讲到这里。

26

打白骨精为什么要打三次？

三打白骨精，可能是《西游记》里最著名的故事之一。这个故事有个特色在于，白骨精并不算战力很高，但孙悟空打她打了三次，算是某种特别待遇了。

为什么打白骨精需要打三次？一来是因为白骨精足智多谋而且反应快，连续两次都跑掉了；二来是因为《西游记》作者就想写她被打了三次。这里面蕴含了道家的一个说法，叫"斩三尸"。"白骨精"其实是民间的叫法，原著里她不叫白骨精，而是叫"尸魔"，就是一具尸体修炼成的妖魔。三打白骨精这一回，在原著里叫"尸魔三戏唐三藏　圣僧恨逐美猴王"。打尸魔打了三次，这就叫"斩三尸"。

那么什么是"三尸"呢？道家认为人体有上、中、下三个丹田，每个丹田里都住着一位恶神，这三位恶神就被称为"三尸"。"三尸"各有各的喜好：上尸喜欢好看的衣服，中尸喜欢美食，下尸沉迷于色欲。一个人会喜欢这三样东西，其实是体内这"三尸"在作祟。

而且，道家还把"三尸"给拟人化了。"三尸"各有各的名字：上尸叫彭踞，中尸叫彭踬，下尸叫彭蹻。[1]这三位大爷不但坏毛病一堆，还喜欢告状。道家说他们每两个月就上天一次，去跟上天告状，说自己现在寄生的这个人真是哪哪都不行。上天听了，对这个人就没有好印象，就有可能减少这个人的寿数。

　　总之，所谓"三尸"，一边教唆人学坏，一边还上天告状，说寄主不学好，真是坏到骨子里了。所以，道家说要"斩三尸"，就是把这三个恶神给除掉。

　　那要怎么除呢？第一种方法是辟谷。现在很多人推崇辟谷的好处，但他们不知道辟谷最初的目的就是"斩三尸"。道教认为，人体之所以有"三尸"，是因为人以五谷为食，饱食谷气，于是体内才生出"三尸"。那要斩灭"三尸"，就别吃饭。不吃饭，饿着自己，把"三尸"也给饿死。第二种方法是符咒，第三种方法是服药，第四种方法是守夜。守夜最好玩儿，就是每逢"三尸"告状的日子，就不睡觉。

　　道教认为，"三尸"上天告状的日子固定在庚申日。到了庚申日，人就要撑着、别睡着。"三尸"看寄主没睡着，就不敢跑，一晚上耗着、僵持着。等到天亮，过了日子，"三尸"就不能上天去告状了。道家还很体贴，说要是实在困得受不了，那就小睡一下；但千万别睡着，只能眯着，坚

---

1 也有文献称三尸分别为青姑、白姑和血姑。

持一下，熬到天亮就好了。每隔两个月守夜一次，坚持三次，"三尸"就会惊慌；坚持七次，"三尸"就都死绝了。这就叫"守庚申"，是古代道教信徒的生活习惯。这种习惯甚至传到了日本，日本宗教界就有一些信徒接受了守庚申的习惯。

顺便说一句，"三尸"跟鬼还有关系。我们可能以为，鬼就是人死之后的游荡的灵魂。其实按道教说法，人身上有魂，有魄，还有"三尸"。人死之后，魂升于天，魄入于地，只有"三尸"到处游走，这就是鬼。所以我们一般觉得鬼是邪恶的，是因为鬼是"三尸"所化，"三尸"本来就不是什么好东西。

我们说回白骨精。白骨精大名是"尸魔"，三打白骨精就是"斩三尸"。而且白骨精的行为也很诡异：可能你认为白骨精是变化成人类来骗唐僧，其实不是，白骨精是附在人类身上来骗唐僧。所以原著里面说，白骨精成功跑掉两次；跑了以后，地上还会留一具尸首。这也很合理，如果地上连尸体都没有，唐僧又怎么会被她骗到呢？电视剧《西游记》其实是下了功夫的，为了体现这一点，还设计了一个原创情节：一上来就有一家三口被白骨精抓去吸了血。这一家三口留下的尸首，就成了白骨精后来骗人的道具。白骨精这种附体的行为，其实和"三尸"是很相似的。

三打白骨精这一回，还跟前面"心猿归正　六贼无踪"一回有照应。孙悟空刚出五行山，就打死了六个强盗，那是佛家讲的"六贼"：眼、耳、鼻、舌、身、意。所以这六个强盗分别叫眼看喜、耳听怒、鼻嗅爱、舌尝思、身本忧、意见欲。除了六贼，到白骨精这里再斩去"三尸"，其实是在讲一个人修行得道的过程。

27

四大部洲是怎么来的？

要是给《西游记》画一幅地图，那免不了要提到四个词：东胜神洲、西牛贺洲、南赡部洲，还有北俱芦洲。这是《西游记》里重要的地理单位。孙悟空出生在东胜神洲，如来的灵山位于西牛贺洲，大唐则位于南赡部洲。本篇就来讲讲，四大部洲到底是怎么来的？

这四个词都出自《阿含经》，是佛家对世界的解释。佛家认为，世界的中央是须弥山，周围都是咸海，咸海里东、西、南、北四个方向分别是东胜神洲、西牛贺洲、南赡部洲和北俱芦洲。《西游记》里，孙悟空从东胜神洲的花果山跑到西牛贺洲的灵台方寸山，要跟菩提祖师学道。菩提祖师说："你那东胜神洲到我这里，要隔两重大海、一座南赡部洲。"

我们还要注意各个洲的读法，很多人看到四个字的词，都喜欢两个字两个字地读，但这四个词真的不是这么读的，正确读法是：东／胜神洲，西／牛贺洲，南／赡部洲，北／俱芦洲。

为什么要这么读？这与这四个词的含义有关。我们一个个来看。

　　首先是东胜神洲。这个词的梵语是"Purvavideha"，所以音译过来又叫东毗提诃洲。"purva"就是东；"videha"是毗提诃，翻译过来叫"胜身"，佛经原文叫"身形殊胜"，就是说个子比较高。这里的人平均身高是南赡部洲人的两倍。所以，东胜神洲其实应该写成"东胜身洲"，后来"身"写成"神"，估计是因为比较好听。东胜神洲的土地形状是个半月形，当地人民的脸也是半月形的，平均寿命是二百五十岁。《西游记》里面，孙悟空的出生地就在东胜神洲。

　　再说西牛贺洲。其实这四个字本来是"西牛货洲"，梵语是"Aparagodaniya"，意思就是用牛来进行贸易，换句话说，就是把牛当成货币。西牛货洲有三样特产：牛、羊和珠宝。当地人就把这三样当成货币来使用，所以这个地方才叫"西牛货洲"。后来估计也是觉得"牛货"不好听，所以逐渐变成了"牛贺"。盛产牛这个特征，很容易让人联想到印度。《西游记》里面也的确说，天竺国位于西牛贺洲。不过在佛经里面，西牛贺洲人的平均寿命是五百岁，这显然不是普通人类的寿数。所以，西牛贺洲和前面的东胜神洲一样，是佛经想象出来的超现实世界。印度也并不属于西牛贺洲，而是属于南赡部洲。

　　我们再来看南赡部洲，它的梵语是"Jambudvipa"。你可能听出来了，南赡部洲的"赡部"这俩字，就出自梵语里面的"jambu"，它其实是佛经里的一种树，叫赡部树。这种树的原型，一般认为就是我们吃的水果"莲雾"，而且莲雾的原产地就在印度。

南赡部洲，就是赡部树茂密的地方，其实就是指印度。在佛经里面，其他三个洲都是想象出来的，南赡部洲则代表真正的人类世界。因为南赡部洲的人寿命不超过百岁，大部分人没活到五十岁就死了，这其实就是古代普通人类的寿命。佛教起源于古印度，所以佛经里说的人类世界，就是指古印度。

在古代，各个地区的人都容易把自己生活的地方想象成世界的中心甚至全部。所以南赡部洲是一个以古印度为模板描绘出的人类世界。古代中国其实也是这样，古人说的"天下"，主要说的就是九州华夏。所以到了《西游记》里面，就把南赡部洲的概念给改了，大唐属于南赡部洲，毕竟作者是中国人，南赡部洲指的人类世界，那当然就是说中国。原著里，如来佛祖就对唐僧说过："你那东土乃南赡部洲。"（第九十八回）那佛祖的灵山在哪里呢？在西牛贺洲。这也很符合古人的地理知识，印度在中国的西边嘛。所以，《西游记》中四大部洲的内涵其实和佛经是有点儿不一样的，加入了明朝人掌握的世界地理知识。

最后就是北俱芦洲，梵语是"Uttarakuru"，意思是福地。佛经中的北俱芦洲，人民生活安乐，无忧无虑。北俱芦洲还有四个游乐园和各种美妙的山林、果园、浴池；日常用具都是水晶、琉璃之类的。而且这都是大家公有的，所以没有盗贼，也没有争斗。但北俱芦洲也有个问题，就是出不了有智慧的人。

原因也很简单，日子过得太好了，没有人会去反思苦难——他们本来也不知道什么是苦难。孟子说"生于忧患，死于安乐"，就是这个道理。日子过得无忧无虑，人就有点儿天真烂漫。所以，北俱芦洲还真的可以参照大家心中乐园的样子去理解。

《西游记》里，唐僧师徒没去过北俱芦洲，所以北俱芦洲戏份不多。只是有两个人提到过北俱芦洲。一个是如来佛祖，说北俱芦洲的人"虽好杀生，只因糊口，性拙情疏，无多作践"（第八回）。这里的"杀生"，应该不是指杀人，而是杀猪、杀鸡之类的。"性拙情疏，无多作践"，就是说北俱芦洲的人都懒懒的、笨笨的，也造不了什么孽。这倒是跟佛经里说的差不多。还有一个就是武当山的荡魔天尊，他说南赡部洲和北俱芦洲这两个地方"妖魔剪伐，邪鬼潜踪"（第六十六回），就是说妖魔鬼怪都没了，总之是太平得很。你看这里也说，北俱芦洲是个太平地方。

不过有意思的是，荡魔天尊说南赡部洲也很太平，如来佛祖却说，南赡部洲"贪淫乐祸，多杀多争"，反观西牛贺洲，"不贪不杀，养气潜灵，虽无上真，人人固寿"。（第八回）

荡魔天尊和如来佛祖的说法是很矛盾的，这也很正常，不是东风压倒西风，就是西风压倒东风。不过，耳听为虚，眼见为实。唐僧师徒在西牛贺洲见到的景象，却是豺狼满山，妖怪遍地。如来那番话，也不过是为取经活动造势罢了。另一方面，要是南赡部洲本来就太平，那还需要取什么真经呢？

关于四大部洲的故事，就说到这里。

28

唐僧的通关文牒到底是什么东西？

看过《西游记》的朋友应该都有印象，唐僧一路上都带着一样东西，叫通关文牒。每到一个国家，都要拿给当地国王盖个章。那这个通关文牒到底是什么东西呢？

通关文牒看上去像是今天的护照，上面盖着各国签证。不过，它的功能又跟护照不完全一样。今天我就来跟大家讲几个小细节。

第一个细节，关于通关文牒的功能。和今天的护照不一样，通关文牒并不是人人都可以申请的东西。它其实代表官方意志，是官方发给使节的通行证。使节所到的国家，都需要盖章确认，这样使节回去才好跟君王复命。所以通关文牒不仅供持有者通关，也是持有者回去汇报时的凭证。当时交通、通信条件不发达，使者回国向君王汇报，说去了某某国家、完成了某某任务，口说无凭，得拿出证据。这个证据就是通关文牒。原著里，唐僧回大唐见到唐太宗以后，就交还了通关文牒，给唐太宗检查。

当然，通关文牒也有保护使节的功能，毕竟祖国永远是强大的后盾。那唐僧的通关文牒上写着啥呢？《西游记》原著第二十九回提到了这点，文牒上写着：

南赡部洲大唐国奉天承运唐天子牒行：切惟朕以凉德，嗣续丕基，事神治民，临深履薄，朝夕是惴。前者，失救泾河老龙，获谴于我皇皇后帝，三魂七魄，倏忽阴司，已作无常之客。因有阳寿未绝，感冥君放送回生，广陈善会，修建度亡道场。感蒙救苦观世音菩萨，金身出现，指示西方有佛有经，可度幽亡，超脱孤魂。特着法师玄奘，远历千山，询求经偈。倘到西邦诸国，不灭善缘，照牒放行。须至牒者。大唐贞观一十三年，秋吉日，御前文牒。

这段话有点儿长，大致就是说了一下唐太宗派遣唐僧取经的原因。也就是：他当初答应了要救泾河龙王，结果魏徵梦中斩龙王，没能救成。唐太宗自己都去地府做了一回客，还好阎王没敢收，又把他放回来了。后来蒙观音菩萨感化，于是他才派唐僧西天取经，目的是消灾解难。

有一说一，这段话因为是作者的杜撰，文人气略重，少了点儿王者之气。以唐太宗口吻写在通关文牒上的话，恐怕不会叨叨这些个人私事。不过，这里面提到"倘到西邦诸国，不灭善缘，照牒放行"，这句话倒是有点儿分量，意思是：你们西域各国，要是想跟大唐结善缘，那就放行（要是不放行，那就是结恶缘）。所以，唐僧一路上遇到的国王们，大多都比较客气。比如宝象国国王看到文牒，不敢怠慢，马上盖上了大印；天竺国国王看到文牒，也是毕恭毕敬，不但盖上了大印，还要送给唐僧黄金十锭、白金二十锭。所以，虽然大唐远在千里之外，这一纸通关文牒，仍然具备震慑力。

不过，这些都是小说情节，历史上的玄奘法师并不是唐太宗的使者，而是偷渡出关的。因为当时唐太宗在准备西部的战事，严禁大唐子民出关。玄奘某次偷渡出关，守将还下令在他背后放箭，差点儿把他射死。

第二个细节，通关文牒的内容修改。前文引了通关文牒的内容，这些内容是以唐太宗的口吻来说的，按规矩别人是不能修改的。但取经路上还真的有人修改过。谁呢？女儿国国王。女儿国国王看过通关文牒，问唐僧，上面怎么没有他三个徒弟的名字。唐僧说，他们三个不是大唐的人，所以没有。女王当时就含情脉脉地问，可否替唐僧把他们加上。唐僧不敢说不好，就让女王随意。于是女王提起笔来加了一段话。

这段话在真假美猴王的故事里也出现了，假美猴王抢走行李以后，把通关文牒又读了一遍，最后多了这么一段："自别大国以来，经度诸邦，中途收得大徒弟孙悟空行者、二徒弟猪悟能八戒、三徒弟沙悟净和尚。"（第五十七回）这段话应该就是女儿国国王加的。其实这种行为不太合乎外交礼仪：女儿国国王凭什么修改唐太宗的原文呢？不过她这么做也能理解，她把孙悟空他们哥儿仨的名字写上，他们才能代替唐僧去取经啊！所以，女儿国国王真的是坠入爱河了，一心只想着御弟哥哥，连外交礼仪都不管不顾了。

第三个细节，通关文牒中的小错误。其实在原著里面，通关文牒有两个地方前后照应不上。唐僧回到长安，把文牒交给唐太宗检查。唐太宗打开文牒，只见上有宝象国印、乌鸡国印、车迟国印、西梁女国印、祭赛国印、朱紫国印、狮驼国印、比丘国印、灭法国印，又有凤仙郡印、玉华州印、金平府印。这里有两个问题。第一，狮驼国的大印是怎么盖上去的？狮驼国全国连君王带臣民都被大鹏金翅雕一伙妖怪给吃掉了，狮驼国是个妖怪之国，是谁帮唐僧把大印给盖上的？除非是孙悟空他们在狮驼国自己翻仓库找到了狮驼国印，然后又自己给盖上了。第二，天竺国的大印去哪儿了？《西游记》第九十四回明明说到国王盖上了印章，还给了黄金、白金做人情，那怎么文牒上没有呢？

这个问题惹出许多猜测，比如说如来佛祖觉得天竺国慢待了唐僧，所以把天竺国印给消掉了。这种说法其实证据不足，我个人倾向于是：作者写着写着自己写忘了，又或者《西游记》其实是多人作品，最后统稿的时候出了点儿差错。对于这种差错，就没必要去过分联想了。

最后还是要致敬历史上真实的玄奘法师，他冒着千难万险完成了取经大业。如果他当时手上真能有本通关文牒，取经之路可能会顺畅得多。

29

红孩儿从哪儿学的三昧真火？

《西游记》里的红孩儿有个看家技能是三昧真火，孙悟空都曾经被他的三昧真火伤了个半死。那红孩儿为什么会三昧真火呢？这里就有人猜测了，说红孩儿其实是太上老君的私生子，因为三昧真火是太上老君的技能。而且红孩儿的母亲铁扇公主靠着火焰山吃饭，而火焰山的形成就源于太上老君八卦炉里掉落的砖的余火。这也说明铁扇公主和太上老君的关系不简单。这种对《西游记》的花边新闻解读并不高级，也不能令人信服。原著里从没说过太上老君会三昧真火。有人会有这种印象，是因为电视剧《西游记》里面太上老君说了一句"待我用三昧真火炼他"，也就是炼孙悟空。但其实这是电视剧的原创情节，原著里说得很清楚，太上老君炼丹炉里的火叫"六丁神火"，是另一种东西。

那么红孩儿到底为什么会三昧真火？

《西游记》里倒是提到还有一个人会三昧真火，其实就是孙悟空自己。太上老君曾经说过："我那五壶丹，有生有熟，被他都吃在肚里，运用三昧火，煅成一块，所以浑做金钢之躯，急不能伤。"（第三回）意思是孙悟空自己用三昧火把太上老君的仙丹都炼成了一整块，所以刀枪不入。

那到底什么是"三昧"呢？这本来是佛家用语，来自梵语的"samadhi"，意思是心无杂念。《大智度论》卷七云："何等为三昧？善心一处住不动，是名三昧。"东晋净土宗高僧慧远在《念佛三昧诗集序》中也说："夫三昧者何？专思、寂想之谓也。"

后来道教化用了"三昧"这个词，制造了"三昧真火"这个概念。道教的"三昧"是什么意思呢？这其实是内丹学的术语。道教祖师吕洞宾写的《指玄篇》里面就说："心者君火，其名曰上昧。肾者臣火，其名曰中昧。膀胱者民火也，其名曰下昧。"合起来就是"三昧"。所谓"三昧真火"，本来是比喻的说法，是指体内一种生命之火生生不息的状态。因为道家内丹把人体比喻成炼丹的炉鼎，所以才说身体里有火在燃烧。孙悟空体内的三昧火，比较符合它原本的含义。

至于红孩儿的三昧真火，就属于小说的改编了，道家从来没说三昧真火可以把人变成火焰喷射器，把火喷出来伤人。《封神演义》里面也有类似的改编：杨戬就曾经用三昧真火烧过敌军的粮草；姜子牙对付玉石琵琶精，也是用三昧真火，才烧得她现出原形。这种改编不难理解，明代小说源出宋元话本，话本的受众是市井百姓。百姓对深奥的内丹之学兴味索然，却爱听神仙妖魔斗法的故事；三昧真火从内丹术语变成神通法术，也属自然。

不过，红孩儿吐出三昧真火烧伤孙悟空这件事，还有佛、道两家的深刻寓意。

先说佛家。红孩儿其实代表佛家三毒贪、嗔、痴中的"嗔"，也就是愤怒。他的原型源于《华严经》中善财童子五十三参的故事。所谓五十三参，就是善财童子为了求法，而向五十三位善知识[1]请教的故事。善财童子也因此成为佛学中虚心求法的典范。

红孩儿虽然外形和善财童子一般无二，最后也的确皈依成为善财童子，但他的性格却和《华严经》里不大一样，脾气暴躁，动不动就要指着鼻子骂人。甚至见了观音菩萨，他也是走近前，睁圆眼，对菩萨道："你是孙行者请来的救兵吗？"

红孩儿为什么有这般性格？这其实代表孙悟空自己内心的愤怒。

原著说红孩儿在火焰山修炼三百年，才炼成三昧真火。火焰山的来历前面说过，那是源于孙悟空自己当年踢倒老君八卦炉时落下炉砖的余火。孙悟空踢倒八卦炉时是什么状态？愤怒到了极点。这么连起来看，红孩儿的三昧真火，其实就是孙悟空的怒火所化，结果到头来又伤了孙悟空自己。所以说"嗔念"是三毒之一。这里顺带说一下，观音菩萨手上有三个箍儿，禁箍儿给了黑熊精，金箍儿给了红孩儿，紧箍儿给了孙悟

---

1 善知识：佛教词汇，与"恶知识"相对，指正直而有德行、能教导他人的好人。

空。其实这三位就代表贪、嗔、痴三毒。黑熊精偷袈裟，是为贪；红孩儿性情暴躁，是为嗔；孙悟空狂妄乖张，是为痴。红孩儿最后被观音收服，也意味着降服嗔念。降服谁的嗔念？看似是红孩儿的，其实是孙悟空自己的。他经此劫难，想必以后知道收敛脾气。

其实，红孩儿的故事里还藏了一处闲笔：这回连观音菩萨都动了嗔念。她听孙悟空说红孩儿变成了自己的模样，居然"心中大怒道：'那泼妖敢变我的模样！'恨了一声，将手中宝珠净瓶往海心里扑的一掼"（第四十二回），把孙悟空都吓得毛骨悚然。你看，红孩儿的故事讲的是降服嗔念，就连观音菩萨也要先降住自己的嗔念，才能去收服红孩儿，引他化为善财童子。

接下来说到道教内涵。红孩儿的故事其实符合《西游记》的一贯立场，那就是提倡内丹，反对外丹。这也是全真教的观念。《西游记》成书的明朝中期，全真教兴盛；《西游记》中也吸收了不少全真教观念，比如三教合一。提倡内丹、反对外丹，是全真教的一贯主张，也是《西游记》的重要思想。

所谓外丹，就是把铅和水银之类的放进炼丹炉，炼成金丹吃下去。所谓内丹，就是把人体当成炉鼎，把人的精气神当成素材，通过一系列步骤，让精气神凝结为体内的所谓丹药。《西游记》反对外丹，提倡内丹，因为外丹吃下去不能修身，反而伤人。你想，又是铅，又是水银的，能不伤人吗？！道家外丹有很多术语，铅是"婴儿"，水银是"姹女"。铅和水银一起炼，就叫"姹女婴儿"。注意，红孩儿的正式名号就叫

"圣婴大王"，《西游记》也把他称为"婴儿"。唐僧遇到红孩儿那一回就叫"婴儿戏化禅心乱　猿马刀归木母空"。婴儿就是外丹说的铅，铅跟火搅和在一起，这就是在讲外丹修炼。铅中毒常见的反应之一就是狂躁易怒，所以红孩儿是那么个暴脾气。红孩儿最后被观音压制住了火性，也暗指外丹修炼被打压了下去。

《西游记》里还有一个故事也在讲外丹，而且更明显，就是金鼻白毛老鼠精的故事。金鼻白毛老鼠精在原著里又叫"姹女"，暗指水银。她被托塔天王和哪吒降服那一回，回目叫"心猿识得丹头　姹女还归本性"。你看，这里都明写了"丹头"两个字。什么是"丹头"？就是炼丹时拿来点化丹药的药物，有点儿类似化学说的催化剂。这里说的"丹头"，就是指能够点化白毛老鼠精的人，也就是托塔天王父子。白毛老鼠精被抓走，于是"姹女回归本性"，不再追求与"婴儿"化合。这里的"婴儿"，就是指纯阳之体的唐僧。姹女不再追求与婴儿化合，也意味着外丹修炼被强行终止了。所以，反对外丹是《西游记》的一贯立场，红孩儿和白毛老鼠精的故事都在表达这个立场。

总之，红孩儿的故事，其实有佛、道两家的寓意。在佛教内涵中，红孩儿代表人的嗔念，这个故事在讲降服嗔念。在道教内涵中，红孩儿作为"婴儿"，暗指炼丹所用的铅，这个故事在讲外丹伤身，提倡修炼内丹。作者用心良苦，可不要把这种用心往花边新闻的方向去理解。

30

蜘蛛精和七仙女到底是什么关系？

你有没有发现，蜘蛛精和七仙女的形象很相似？

首先是人数上，蜘蛛精是七个，七仙女也是七个。

其次是造型上，七仙女身着彩衣，婀娜多姿；七个蜘蛛精也是美艳动人，原著里说是："比玉香尤胜，如花语更真。柳眉横远岫，檀口破樱唇。"（第七十二回）

再就是称谓上，七个蜘蛛精被称为"仙姑"。孙悟空他们哥儿仨曾经遇到蜘蛛精认的干儿子，都是黄蜂、马蜂、蜻蜓之类的精怪，他们就说自己是七仙姑的儿子。这也说明蜘蛛精平时可能以"仙姑"自称。

最后就是故事上，原著里蜘蛛精和七仙女是有瓜葛的。根据当地土地爷的说法，蜘蛛精洗澡的濯垢泉，本来是七仙女洗澡的地方，后来被蜘蛛精给抢了。七仙女也不跟她们争，就让给她们了。

而且，七仙女相关故事中，最著名的就是牛郎织女的传说。关于织女的身份，有多个版本。民间最常见的版本认为，织女是七仙女中最小的一位。她和六位姐姐下凡洗澡，结果牛郎偷走了她的衣服。织女失去衣服，不能返回天庭，于是就和牛郎结为夫妻，生儿育女。《西游记》里蜘蛛精的故事和这个故事也有相似之处，说的是蜘蛛精洗澡，孙悟空变成个老鹰，把她们的衣服都叼走了。猪八戒还变成个鲇鱼，在泉水里钻来钻去。这里就不展开说了。

总之，《西游记》里蜘蛛精的故事，和七仙女的传说似乎存在某种奇妙的相似性。那么，蜘蛛精和七仙女到底有没有什么关系呢？原著里并没有明说，所以我们不要相信各种阴谋论说法，说什么蜘蛛精是七仙女的代理人之类的。

这里和大家分享一个解读方法：在原著没有明确说法的时候，我们就要在认知上进行主动升维，从民俗学、社会学甚至是人类学的角度，去探讨故事背后的原型。无论是七仙女还是蜘蛛精，背后其实都有一个故事原型，叫"天鹅处女型故事"，英文叫"Swan Maiden Tale"。

这个故事原型，讲的是并非凡人的女子以天鹅、大雁之类的形态来到凡间，结果因为凡间一个小伙子触碰了她的某种禁忌，于是和小伙子成婚。但因为这桩婚姻本来就违反了禁忌，所以往往会遇到阻力。

天鹅处女型故事在许多地方都有。牛郎和织女的故事只是其中一个。其实这个故事在中国最早出自东晋的《搜神记》。这本书里说，豫章新喻县有一个男子，看到田里有几个女子，都穿着羽毛做的衣服。这个男子就匍匐着靠了过去，正好看到一个女子把羽毛衣服脱了下来，他就上去把衣服偷走，藏在稻草堆里。结果其他女子发觉，就变成鸟飞走了；那个丢了衣服的女子飞不起来，就只好和男子成婚，婚后生了三个孩子。某一天，这个女子让自己的女儿去问丈夫，那件羽毛衣服给藏哪儿了。丈夫告诉女儿，藏在稻草堆里了。结果那个女子找到了自己的衣服，就穿上飞走了。豫章就是今天的江西南昌一带，江西新余市内至今还有个仙女湖，就是因为这个故事而得名的。

再比如云南傣族还有个著名的故事叫《召树屯和喃木诺娜》，说的是傣族王子召树屯遇到七只美丽的孔雀变成姑娘在湖里洗澡，她们的羽毛变成外衣放在湖边。王子上前偷走了七公主喃木诺娜的羽毛外衣；喃木诺娜飞不起来，就留下来和他成婚。后来，这个国家遭到侵略，王子的父亲听信谗言，认为喃木诺娜是妖怪，趁王子在外远征，要把喃木诺娜烧死。喃木诺娜就飞走了。王子回来以后，就前往喃木诺娜的家乡，历经磨难，才和喃木诺娜破镜重圆。这个故事后来还被改编成电影《孔雀公主》，是唐国强老师的成名作。你看，这个故事除了有个大团圆结局，是不是也和前面的故事很像？

类似的故事还有很多。比如古印度有洪呼王与广延天女的故事，日本有羽衣传说，阿拉伯也有《巴索拉银匠哈桑的故事》。这里就不一一展开讲了。为什么会这样呢？因为一个好故事往往会被传播、改造和加工，这个故事最后会变成这类故事的原型或者说母版。

我们回到《西游记》。蜘蛛精的故事，其实是对天鹅处女型故事的反向改造。也就是说，它不是一个歌颂美好爱情的故事，而是告诫世人要远离情欲。这也符合《西游记》一贯的调性。

蜘蛛精是恶毒的妖精，她们霸占了天上七仙女的濯垢泉。濯垢泉，就是洗去污垢的泉水——结果里面泡着七只肮脏的蜘蛛，这里的意思是邪念取代了正念。而且，七只蜘蛛，代表人的七情（喜、怒、哀、惧、爱、恶、欲），所以这一回回目叫"盘丝洞七情迷本　濯垢泉八戒忘形"。蜘蛛精的衣服被孙悟空给弄走了，这里故意在模仿天鹅处女型故事的一贯套路，其实是一种恶搞。按一贯套路，接下来故事的走向应该是蜘蛛精对孙悟空以身相许才对，但这里显然不是。孙悟空压根儿没有想跟蜘蛛精谈恋爱，只是单纯想救出师父而已。注意，可以停下来体会一下，这里颇有周星驰电影致敬经典电影但内容反转造成的无厘头幽默感。

这还没完，七个蜘蛛精后来找师兄蜈蚣精帮她们报仇，蜈蚣精给唐僧师徒下毒。这其实暗指情可以生毒。写女儿国时的套路也是类似的：先遇女王，后遇蝎子精，因情而生毒。所以，《西游记》里的道德说教其实挺多的。本书第二篇就提过，《西游记》是一部强调"理本"而反对"情本"的小说，对情欲总是一副要打要杀的态度。

31

通天河的灵感大王，为什么要吃童男童女？

《西游记》里面有个灵感大王，本是观音菩萨莲花池里的金鱼，偷跑到通天河当妖怪。通天河边上有个陈家庄，灵感大王保陈家庄年年风调雨顺，但一定要陈家庄每年献上一对童男童女给他吃。为什么他要吃童男童女？原著里没有明说。更奇怪的是，他还非要吃陈家庄的童男童女。为了确保庄里的人没有买其他小孩来调包，灵感大王还积极开展人口普查工作，没事就去陈家庄进行摸底。

这其实是很怪异的，吃童男童女，吃哪里的不是吃？干吗非得逮着陈家庄的孩子吃？这么奇怪的行为，背后一定有原因。我直接说结论：通天河这几回（第四十七到四十九回）亦真亦幻，充满了隐喻，其实象征着唐僧学会驾驭欲望的过程。下面我们就来一一揭开这些隐喻。

第一个隐喻：陈家庄。为什么偏偏是"陈"家庄？因为唐僧自己出家前就姓陈。唐僧向庄里一位老者借宿，得知他姓陈，马上合掌说："哎呀，你和我原来是同宗。"注意，小说里但凡有巧合，必有暗示。陈是唐僧的俗姓，陈家庄的事也象征着唐僧的俗念。所以，灵感大王只吃陈家庄的孩子，意味着这一次的劫难和唐僧切身相关。陈家庄不能用其他孩子来顶替，唐僧也只能自己迎接这一场试炼，不能由别人代劳。这是第一处隐喻。

第二个隐喻：灵感大王。灵感大王的本相是一条金鱼。鱼这种动物，因为多子，所以往往和生殖、欲望联系在一起。所以男女交合又叫"鱼水之欢"。何况，灵感大王还是观音菩萨莲花池里的金鱼，观音菩萨三十三种形象中就有"送子观音"，这其实进一步加强了暗示。

灵感大王的名号也和生殖、鱼水之欢有关。清朝有个人叫陈士斌，写过一本《西游真诠》，书名就是诠释《西游记》的意思。书里写道："说出'灵感大王'，'灵'为生育之灵，'感'为云雨之感。"如此，灵感大王在陈家庄"施甘雨，落庆云"，也可联想到行"云雨之事"。但他云雨之后，又要吃童男童女。注意，童男童女在传统文化中代表人的真元。所以，灵感大王做的事情，象征意味是很明显的：他行的是云雨之事，但这件事却要伤害真元。《西游真诠》也说："虽甘雨庆云，足以长养万物，而恣情纵欲，还能斫丧真元。"这句话的意思是，虽然男女之事是人类繁衍的根源，但放纵情欲就会断丧真元。这就是第二个隐喻。

第三个隐喻：一秤金和陈关保。一秤金就是那对童男童女中的小女儿；后来是猪八戒变成了一秤金，和孙悟空变成的男孩陈关保一起被送给了灵感大王。注意"一秤金"这个名字，原著里说她的父亲平时经常捐钱做慈善，到了生女儿这一年，正好捐出去三十斤黄金。三十斤叫"一秤"，所以女儿叫一秤金。但其实，一秤金在古代还是一味药，又叫"秤金丹"。古代医书《何氏济生论》里就有这味药，功效是八个字：添精益髓，保元种子——也就是保住人的真元。《西游记》作者非常熟悉药材，在朱紫国那回写孙悟空给国王治病，就写了大量药材。灵感大王是伤害真元的，一秤金是保住真元的。把一秤金送给灵感大王吃，这就是欲望和保元之间的斗争。如果能战胜欲望，那就可以"关保"，即精关得保；这恰好又是陈家那个小男孩的名字。所以，男孩的名字本义是"关老爷保佑"；这是中国民间常见的一个名字，但又可以指精关得保。这是第三个隐喻。

第四个隐喻：通天河。整部《西游记》，都在暗指修行。通天河的故事恰好是在全书的中间部分，是真元即将走到头顶的过程，所以叫"通天"。这个过程，必须谨慎小心，如履薄冰。所以，会有通天河结冰、唐僧在冰上行走的情节。结果冰面开裂，唐僧跌入河底。这里作者放了两句诗："误踏层冰伤本性，大丹脱漏怎周全？"（第四十八回）什么叫"大丹脱漏"？在内丹学说中就是真元外泄的意思。

第五个隐喻：提篮观音。第四十九回有一处费解的细节：观音菩萨听说自己鱼池中的金鱼逃走后在通天河为妖，也没梳妆打扮，削竹子做了只竹篮就跟孙悟空去捉妖了。孙悟空心里还嘀咕：这菩萨今天怎么也不打扮就出门了？

因为这处情节很是蹊跷，所以有人又开始阴谋论解读，说观音菩萨这是急着去杀鱼灭口云云。其实，这是因为他们不熟悉佛教典故。不梳不洗、手提鱼篮的观音，其实是观音菩萨三十三种形象之一，叫作"提篮观音"。

提篮观音的故事出自《观音感应传》。据说唐朝某地有一个女子经常提篮卖鱼，她年轻貌美，很多男人都想娶她为妻。女子就说，谁能在三天内背出《普门品》[1]，她就嫁给谁。结果三天后很多男人都背了出来。女子就说："我一个人怎能嫁给众人！你们再去背《金刚经》吧。"三天后还是有好几位男人背了出来。女子就说，那就来个高难度的，让他们去背《法华经》，谁背出来就嫁给谁。男人们都赶紧去背，但三天后只有一个叫马郎的背了下来。女子就嫁给马郎为妻。谁知她一过门就死了，而且尸体很快就腐烂了。马郎只好把妻子安葬。几天后一个和尚对马郎："你再把妻子的尸体挖出来看看呢？"马郎不解其意，但还是照做了，只见尸体的锁骨竟然是黄金。和尚这时点化马郎，说："这个提篮女子其实是观音菩萨的化身，她是来教化你们信佛的。你也早日修行吧。"于是马郎当下顿悟。这个故事，其实还是在告诫人们控制欲望。《西游记》化用了这个故事，这是第五个隐喻。

第六个隐喻：通天河老鼋。老鼋被灵感大王欺压。灵感大

---

1 《普门品》：即《观世音菩萨普门品》，是《妙法莲华经》二十八品之一。

王被收服后，老鼋为了感恩，就载着唐僧师徒过了通天河。注意，"鼋"和真元的"元"谐音。这其实是在暗示，唐僧终于守住真元，成功渡河。唐僧学会了保守真元，于是在后面的女儿国，他也会接受考验。而且，《西游记》里那些勾引唐僧的女妖精，也是过了通天河之后才出现的，之前是没有的。这就是第六个隐喻。

所以，通天河这几回的故事，其实象征着唐僧在取经途中俗念未除、内心躁动，但最后终于还是坚守住了本心。

32

真假美猴王，被打死的是谁？

本篇我们来讲真假美猴王。有这样一种说法，说最后被打死的那个其实是孙悟空，六耳猕猴成功上位。一切都是灵山和如来的阴谋：因为孙悟空总是不听话，于是换了个听话的。这种说法还有自己的根据，说真假美猴王这场风波以后，孙悟空是脾气也好了，合作态度也积极了，一口气到西天，不吐槽、不抱怨，总之仿佛成了"好员工"。这是因为他根本就不是孙悟空，他其实是六耳猕猴。

我一贯认为，《西游记》可以有很多解读维度，言之成理即可。但对于这个说法，我实在是不敢苟同。因为真假美猴王故事的主旨，在原著里是足够清楚的。主旨就在第五十八回的回目里面直接点明了：二心搅乱大乾坤，一体难修真寂灭。什么是"二心搅乱"？一个人于本心之外，生出心魔，本心和心魔打架，这就叫"二心搅乱"。什么叫"一体难修"？本心和心魔打架，在一具肉体里已经容不下了，这个心魔就还要分出一个身体来，这就叫"一体难修"。所以，假美猴王的身份很明确，他就只是孙悟空的心魔而已。

这样我们就能理解，为什么玉皇大帝也分辨不出谁真谁假，甚至连托塔天王的照妖镜也照不出来——因为本来两个就都是孙悟空，只是一正一邪。但是，地藏王菩萨的宠物谛听可以分辨出来。为什么呢？原著里说，谛听的本领并不是分辨相貌，而是照鉴善恶，察听贤愚。说白了，谛听分辨的不是外表，而是内心。所以它知道，假美猴王其实是孙悟空的二心，而且它知道了也不敢说——假美猴王就是孙悟空的邪念，有孙悟空的本事，没孙悟空的良知，这要闹起来，地府怎么招架得住？于是谛听给了一个暗示，我们注意这个暗示：妖精神通，与孙大圣无二。这里都明说了，那妖精的本事和孙悟空没什么差别，孙悟空会的他都会。地藏王赶紧问怎么办。谛听说了四个字：佛法无边。

这四个字表面的意思，是去找如来佛祖帮忙；隐含的意思是说，只有佛法才能解决心魔。所以第五十八回，真假美猴王一路打上西天，这里作者放了一首诗：

人有二心生祸灾，天涯海角致疑猜。
欲思宝马三公位，又忆金銮一品台。
南征北讨无休歇，东挡西除未定哉。
禅门须学无心诀，静养婴儿结圣胎。

这首诗的意思和红楼梦里的《好了歌》差不多。"世人都

143

晓神仙好，惟有功名忘不了！"世人妄念太多，二心太多，所以不能脱离苦海，要跟佛家学无心诀，才能镇压心魔。真假美猴王打到如来座前的时候，如来对自己的团队说了一句很有意思的话："汝等俱是一心，且看二心竞斗而来也。"意思是说：你们都已经消除了心魔，能做到一心，且看那边有二心的，一路打过来了。这里也说得很清楚了，真假美猴王，其实就是孙悟空的二心。

真假美猴王事件是偶然发生的吗？当然不是。孙悟空和唐僧之间，其实有过多次矛盾。孙悟空刚从五行山下放出来，打死六个强盗，被唐僧数落，那是一次。孙悟空三打白骨精，被唐僧错怪，那又是一次。真假美猴王的故事，也是始于孙悟空打死强盗，被唐僧数落，一怒之下，负气出走。结果孙悟空前脚刚走，后脚假美猴王就来了，还给了唐僧一棍子。所以，假美猴王代表的其实是孙悟空的心魔和邪念。说白了，孙悟空自己早就想给唐僧一棍子了。

那问题就来了，如来明明知道，为什么还要说假美猴王是六耳猕猴呢？不这么说，要怎么说呢？难道跟唐僧说，那个假美猴王其实就是孙悟空，他早就想揍你了？要是这么说，取经团队会留下永久的裂痕，团队文化也会出问题。所以，作为一名高明的领导，如来当然不会干这种傻事。他煞有介事地说：天地间有四种猴子——灵明石猴、赤尻（kāo）马猴、通臂猿猴，还有六耳猕猴。假美猴王就是六耳猕猴。这四种猴子，在人间和阴间都没有档案，所以别人不知道，也查不到。其实，如来这番话是有漏洞的。孙悟空手下的花果山四将中，就有两只赤尻马猴。《西游记》第三回"四海千山皆拱伏 九幽十类尽除名"中明文写着："两只赤尻马猴唤作马、流二元帅，两只通背猿猴唤作崩、芭二将军。"要是他们在阴间没有档案，孙悟空又何必在阴间替他们把名字勾掉？这中间疑点太多，全凭如来一张嘴在说。孙悟空后来又把"六耳猕猴"打死，也就死无对证了。

其实，六耳猕猴为什么会有六耳？"六耳"二字要分开来看。"六"是指"六贼"，又叫"六尘"，也就是色、声、香、味、触、法。这其实在《西游记》前面的故事中也有对应，孙悟空刚出五行山就打死了六个强盗，这六个强盗分别叫眼看喜、耳听怒、鼻嗅爱、舌尝思、意见欲和身本忧。这其实就是"六贼"，所以第十四回回目叫"心猿归正 六贼无踪"。六耳猕猴的"六"是指"六贼"，那"耳"呢？其实是孙悟空犯了"耳听怒"的问题——就是他听唐僧叨叨听怒了，烦死了，然后就走了。正是这"耳听怒"招来了假美猴王，所以才叫"六耳"。

真假美猴王事件之后，孙悟空除掉了二心，只剩一心，自然变成了合格的好员工。而且，经过这一难之后，孙悟空的心性修为也明显提升，不再是莽撞的猴王，而逐渐显露出佛相。在朱紫国，他为国王诊脉治病；在比丘国，他设计解救小儿；在凤仙郡，他为当地百姓上天求雨，解救一郡生灵。取经归途，真经落水，师徒晒经时不慎将一卷经文弄破。这时孙悟空甚至还能宽慰唐僧：天地本不全，真经不全正合天地之理。此时孙悟空的修为已经隐隐在唐僧之上了。

　　总结一下，假美猴王其实是孙悟空的心魔，这在原著里有多次暗示甚至是明示，所以我们大可不必听信阴谋论的说法。

33

孙悟空为什么喜欢自称"外公"?

《西游记》里的孙悟空有一个奇怪的习惯:在妖怪面前自称"外公"。比如:

他对偷袈裟的黑熊精,说的是:"快还你老外公的袈裟来!"

他对会玩圈圈的青牛精,说的是:"你孙外公在这里!快早还我师父来。"

他对朱紫国赛太岁的小妖,说的是:"我是朱紫国拜请来的外公,来取圣宫娘娘回国哩。"赛太岁还憨憨地问他抢来的金圣宫娘娘:朱紫国请来了一个外公,百家姓里有姓外的吗?

可见,孙悟空真的有这个怪癖。那这个怪癖是怎么来的呢?有这么两个原因。

第一个原因,孙悟空想要占妖怪的便宜,但又不想跟妖怪关系扯太近。

传统中国是父系社会,爷爷和外公有非常明确的区别:爷爷和孙子是同宗;外公和外孙一般不同姓,更不同宗,不会出现在一个宗祠里，所以才叫"外"公。

你要自称是妖怪的爷爷，便宜是占到了没错，但你也变成了妖怪的同宗，自己也得被划归妖怪那一类。你要是自称外公，既可以占到便宜，又可以划清界限。因为嫁出去的女儿，泼出去的水，外孙即使惹人疼爱，也不属于家族一员了。外公虽然是祖辈，但和外孙并不是同宗，所以自称是妖怪的"外公"，也不会和妖怪划为一类。而且在古代，爷爷对孙子，那是有养育责任的。妖怪们为非作歹，这就叫有损门楣，爷爷那得负责。外公没那么多责任，当起来也就心安理得了。

而且，孙悟空其实特别会看人下菜碟。花果山的小猴子们，都叫孙悟空爷爷，孙悟空也没觉得有什么问题，这真的是自家人。而且他见了弥勒佛的童儿变化的黄眉大王，也是自称孙爷爷。请注意，这个时候弥勒佛已经告诉孙悟空黄眉大王的真实身份了，所以他再找黄眉大王时便高声叫道："你孙爷爷又来了！"因为和神仙同宗，那是不会掉价的。和神仙同宗可以，和妖怪同宗就不行，孙悟空的这种心态，在社会心理学上有个名词，叫"皈依者狂热"。

社会学家发现，有些半路皈依某种宗教的人，往往比那些从小就信教的人更加狂热。他们无论是参加宗教活动或是对外传播宗教，都更加投入，更加热情。这背后的根源有两个：第一，他们因为半路皈依，要完成自己内心认同的塑造，就需要更加投入，这样才能过自己心里这关；第二，也是因为他们半路皈依，他们担心被那些从小信教的人歧视，于是他们拼命要证明自己比那些从小信教的人更虔诚、更专注。

作为一种现象，皈依者狂热并不限于宗教领域，任何精神领域都可能出现皈依者狂热。现实生活中，那些实现了阶层跃迁的人，往往特别鄙视自己出身的阶层。这都属于皈依者狂热。

孙悟空对于自己身份的认同，也是出于皈依者狂热。他本来是天产石猴，在花果山自立为王，和牛魔王这些妖怪称兄道弟，其实应该属于妖怪序列。但他半路进天庭当过散仙，有过编制，心里就已经和妖怪们划清界限了，不仅打起没背景的妖怪来毫不手软，而且特别在意被人叫成"妖怪"或是"妖猴"。西行途中，有老百姓看见孙悟空的相貌，吓得直叫"妖怪"，孙悟空就很在意，还要辩解自己不是妖怪，是保大唐高僧西天取经的和尚。猴哥的这种心结，在"爷爷"和"外公"的称谓之别上显示得淋漓尽致。大英雄各怀心事，这就是猴哥最大的心事。

接下来说第二个原因，这是个令人感到温暖的原因：吴承恩没见过自己的爷爷，但和外公感情很深。当然，《西游记》的作者是不是吴承恩存在争论，本书第一篇就讨论了这个问题。不过吴承恩是作者的可能性依然很大，因为书中有大量淮安方言，这一点白纸黑字，毋庸置疑。

比如淮安方言有"怪道"一词，意思是难怪，怪不得。原著第十七回，观音禅院的弟子们说起偷袈裟的金池长老跟黑熊精学过一些养生的法门，孙悟空说："怪道他也活了二百七十岁。"

再比如书里说猪八戒使用钉耙攻击，用的动词是"筑"，这也是淮安方言。原著第十九回，猪八戒自夸九齿钉耙威力大，孙悟空就取笑他："老孙把这头伸在那里，你且筑一下儿，看可能魂消气泄。"类似这样的例子还有很多，这里就不一一枚举了。

所以，淮安人吴承恩是《西游记》的作者或作者之一，可能性还是比较大的。根据考证，吴承恩的父亲名叫吴锐，爱好是到处旅游，以及阅读各种神魔故事。吴锐四岁那年，父亲就去世了。所以吴承恩出生以来，就没见过自己的爷爷，他也没有机会叫别人爷爷。他对外公倒是印象很深，而且他有两位外公，因为他父亲除了正妻徐氏，还有一位姓张的小妾。吴承恩是张姓小妾的儿子，但也要认徐氏这个母亲。所以他有一位张外公，还有一位徐外公。两位外公和吴承恩估计也不乏含饴弄孙的亲情时刻。对吴承恩来说，"爷爷"这个称呼很模糊，"外公"却很清晰。所以，《西游记》里孙悟空一口一个"孙外公"，也就不奇怪了。

34

车迟国到底有什么隐喻?

《西游记》里有个车迟国，相信很多朋友都有印象。车迟国给人的印象深，是因为这里的三个妖怪，也就是虎力大仙、鹿力大仙、羊力大仙，实在是太蠢笨了。电视剧《西游记》中，这三位各种操作，又是"三清爷爷显灵啦"，又是"风、雨、雷、电四位神仙都不在家"，把车迟国的故事演绎成了一出荒诞剧。不过，大家有没有想过，车迟国为什么叫"车迟国"？难道是因为这个国家的公交车老是迟到吗？——当然这是玩笑话。那"车迟国"这个国名到底是怎么来的呢？其实，如果搞清楚车迟国国名的来历，也就明白了作者写这个故事的用意。

车迟国国名的来历，和玄奘法师在《大唐西域记》里提到西域有一个车师国有关。不过，车迟国这个名字远没有这么简单。整部《西游记》，都在暗喻佛、道两家的修身之法。车迟国的这个"车"，其实也蕴含着佛、道两家的含义。我们先说道，再论佛。本篇内容可能稍有点儿艰深，但我相信，聪明如你，一定能看明白。

如果从道教的角度来解"车迟"，这个"车"应解为"河车"。有一部书叫《钟吕传道集》，书名里的"钟"是指钟离权，也就是汉钟离；"吕"是指吕洞宾。这本书里有一个核心概念叫"河车"，意思是真气在全身运转，就像车一样。为什么叫河车呢？因为真气这辆车要沿着人体内的"河道"行走。人体内的河道主要有两条，一条叫膀胱水，一条叫肾水。膀胱水向下走，肾水向上走。这正好对应了《西游记》的回目。车迟国的故事在《西游记》原著的第四十四到四十六回；到达车迟国之前的第四十三回，回目叫"黑河妖孽擒僧去 西洋龙子捉鼍回"，讲的是唐僧师徒过黑水河。黑水河指的就是膀胱水，因为膀胱水向下流，幽暗肮脏，所以是黑水。等过了车迟国，第四十七回回目叫"圣僧夜阻通天水 金木垂慈救小童"，这一回讲的是唐僧师徒过通天河。通天河指的就是肾水，为什么肾水叫通天河？因为肾水是向上走，直到头顶的，这不就是"通天"吗？

所以，车迟国这三回，按道家的修身来解，就是河车离开丹田附近的膀胱水，开始运转，即将进入肾水的阶段。所以《西游记》第四十四回回目叫"法身元运逢车力 心正妖邪度脊关"，意思就是河车要开始运转啦，即将度过脊关。脊关是哪里？脊关就是夹脊关。道家说河车运转要经过三关：第一关尾闾关，在脊椎骨尽头；第二关夹脊关，位于后心；第三关玉枕关，位于脑后。度过夹脊关就要往脑门走了，这就是"通天"。所以过了车迟国，就是通天河。

接下来你可能会问，车迟国的"车"指的是河车，那"迟"字该怎么解呢？河车运转的路被堵住了，所以迟到了，该到时还没到，这就叫"车迟"。那被什么堵住了呢？还是回到《西游记》，第四十六回回目叫"外道弄强欺正法　心猿显圣灭诸邪"。这个"诸邪"，就是堵住河车的障碍。那"诸邪"说的是谁？自然就是车迟国的三个活宝，也就是虎力、鹿力、羊力这三位国师了。

而且，这三位大仙的名字，也是有讲究的。在道教内丹学当中，有牛车、鹿车和羊车"三车"的说法，都是运气的法门。牛车最为勇猛，用力猛冲；鹿车但求一个"快"字，须迅步急奔；羊车则讲究轻柔绵长。《西游记》中借用了内丹学中的术语，但把"牛"改成了"虎"，这里面有两个原因。第一，小说里牛出现了好几次了，比如牛魔王，比如太上老君的坐骑青牛精；若是这里再放一头牛，就有点儿雷同，没有新鲜感，所以换成老虎。更重要的是第二点，把牛换成虎，正说明这三位活宝是骗人的。牛可以拉车，虎可是要吃人的。所以，车迟国三位国师，表面上是来拯救世人的，其实是假的，是来害人的。这就是作者把牛更换成虎的用意。要等消灭这三个活宝、扫除了河车的阻碍，"车迟"的现象才能消除，河车才能走进肾水，也就是通天河。

虎力、鹿力、羊力三位大仙的名号，还可以用佛学来解释。《法华经》里有一个著名的比喻，叫"三车喻"，又叫

"火宅喻"。这其实是释迦牟尼讲的一个故事,说从前有一座大宅院,有一天起火了。这一家的主人很着急,但看到宅院里有几十个孩子还在那里玩耍。小孩子不知道火灾的危险,主人让他们不要玩了、赶快跑,他们也不会听话的。眼看火势越烧越旺,这一家的主人灵机一动,大喊:"孩子们听我说,我在院子外面给你们准备了三辆车,一辆牛车,一辆鹿车,一辆羊车,很好玩的,你们快出去玩吧!"孩子们一听,兴高采烈地跑出了院子,于是得救了。这个故事的意思是说,这充满烦恼的尘世,其实就是那座着火的宅院。要想点化世人走出宅院,就要告诉他们,尘世之外还有美妙的佛法。牛车、鹿车、羊车三辆车,又称大乘、中乘、小乘,对应的是佛法的不同层次。这里就不再展开了。

你看,这个故事里也是三车——牛车、鹿车、羊车,正好对应车迟国那三位活宝(只是牛力改成了虎力)。佛教的三车是普度众生的,车迟国三位国师却是来害人的,这当然也是一种反讽。

以上就是车迟国国名的含义。其实,车迟国的故事还有非常明显的现实隐喻。《西游记》成书于嘉靖年间,嘉靖皇帝正好崇信道士,甚至还给自己起了个道号叫"灵霄上清统雷元阳妙一飞玄真君"。他崇信的那帮道士,有不少就跟车迟国三位国师一样,把朝廷搅得乌烟瘴气。"车迟"这两个字,既可以指人体的河车受阻,也可以指朝廷的政令不通。国家就好比人体,关键在于上下之间的信息传导。君王偏听偏信,信息传导出了问题，就和人体经络不通是类似的。

　　总之，车迟国的故事，既有佛、道的修身之法，又有现实的含蓄隐喻，真的是非常巧妙。

35

乌鸡国藏着什么秘密?

《西游记》里乌鸡国的故事讲的是，乌鸡国国王和一个道士结拜为兄弟，结果反被道士推进一口井里淹死了。道士变化成国王的模样，篡夺了王位。三年之后，真国王被孙悟空用一颗仙丹救活。然后唐僧师徒帮助国王夺回王位，重登大宝。

"乌鸡国"这个国名看上去很奇怪，让人怀疑这个国家是不是盛产乌鸡，还出口乌鸡白凤丸。真相当然不是这样，那么乌鸡国为什么会取这么一个鸟的名字呢?

这其实有两个原因。第一个原因，乌鸡国是有原型的。玄奘法师，也就是唐僧的原型，在《大唐西域记》里面提到一个西域小国叫阿耆（qí）尼国，又叫乌耆国。这个乌耆国的谐音就是乌鸡国。

不过，取谐音就取谐音，不能找个好听点儿的名字吗?乌奇国、乌启国，都可以啊，为啥非要叫个乌鸡国呢?这其实和卦象有关。有一个卦象，叫"困卦"，又叫"泽水困"。这一卦上面是兑卦，代表沼泽；下卦是坎卦，代表水。水在沼泽中，流动是很慢的，代表进入了困境，所以这一卦叫困卦。乌鸡国的国王困在井里三年，对应的就是这个困卦。

那困卦和乌鸡有什么关系呢？困卦里面，上卦是兑卦，对应的地支是酉，酉对应的生肖是鸡；困卦的下卦坎卦，对应的五行是水，水在五行中对应的颜色是黑色。所以历史上那些五行对应水德的王朝，都崇尚黑色。比如秦朝就是对应水德，秦始皇在礼仪性场合都穿黑色，黑就是乌嘛。所以，坎卦的"乌"，和兑卦的"鸡"，合起来就是"乌鸡"。"乌鸡"其实是谜面，谜底就是泽水困，暗指国王困在井里三年。

比国名更重要的是乌鸡国暗藏的历史故事。你有没有一种感觉，乌鸡国的故事和《西游记》其他章节有点儿不太一样，不太像一个神魔故事，倒有点儿像宫斗剧，讲的是权谋。其实这是因为，这个故事影射的就是真实的历史。在百回本《西游记》诞生的明朝，发生过这么一件事：明英宗朱祁镇亲征瓦剌，结果在土木堡之变中被瓦剌人俘虏。他的弟弟朱祁钰临危受命，代替哥哥做了皇帝，把哥哥遥尊为太上皇。后来，朱祁镇被瓦剌人放了回来，朱祁钰怕他跟自己抢皇位，就把朱祁镇软禁了起来，一软禁就是七年。再后来，朱祁钰病重，他自己的儿子朱见济又夭折了，迟迟没有立太子。有几个政治投机家，以副都御史徐有贞为首，看到有机可乘，就把朱祁镇救了出来，又和皇宫内应一起打开宫门，拥立朱祁镇复位，重新做了皇帝。这件事在历史上叫作"夺门之变"。

我们对比一下这两件事：乌鸡国故事说的是国王被结拜兄弟扔进井里，困了三年；然后被救出，夺回王位。夺门之变是说太上皇被亲弟弟软禁在一个小院里，困了七年；然后被救出，夺回皇位。这两件事的结构几乎是一致的。而且，乌鸡国国王在被推到井里之前，与那道士结拜为兄弟；而在现实中，朱祁镇和朱祁钰原本就是兄弟。《西游记》里说，那道士当了三年国王，把乌鸡国治理得是风调雨顺、国泰民安。明代宗朱祁钰在位期间，任用于谦，打跑了瓦剌，其后也把大明治理得不错。《西游记》里还说，那个道士原来是文殊菩萨的坐骑，是一头狮子，但是被骗过——这可能是暗指朱祁钰在位七年，却没能再生个一男半女，才让朱祁镇有机可乘、复了位。

所以，乌鸡国的故事，其实是在暗指明英宗和明代宗兄弟之间的恩怨纠葛。接下来还要再讲乌鸡国故事的一个隐藏玄机：它和同时代西方故事的相似性。

乌鸡国的故事在《西游记》里显得很违和，还有一个重要原因是故事模型不太一样。别的故事都是：唐僧师徒到了某地，唐僧被妖怪抓走了，或是听说这里有妖怪，于是帮助当地除妖。《乌鸡国》的故事却是：国王被杀，王位被篡夺；国王鬼魂现身，诉说冤屈，王子得知真相，决心为父报仇……

你有没有发现，这个故事看起来很眼熟？

是的，《西游记》乌鸡国的故事，和莎士比亚戏剧《哈姆雷特》在结构上具有惊人的相似性。首都师范大学的侯会先生也专文讨论过这个问题[1]，中华书局编辑李天飞先生对这个问题也进行过延伸讨论[2]。

乌鸡国和《哈姆雷特》至少有以下几处相似：

第一，说的都是国王被杀，王子复仇。乌鸡国国王是被结拜为兄弟的道士所杀，《哈姆雷特》中的丹麦国王是被亲弟弟克劳狄斯所杀。

第二，两位国王都是在御花园被杀。乌鸡国国王是被推入御花园的井中，丹麦国王是在御花园睡觉时被弟弟用毒药滴耳而死。

第三，两位国王的鬼魂都曾现身诉冤。乌鸡国国王是在禅堂外现身，向唐僧诉冤。丹麦国王则是在城堡的露台现身，向王子哈姆雷特诉冤。

第四，乌鸡国国王的王后被假国王霸占，丹麦国王的王后也被篡位的克劳狄斯霸占。

第五，为乌鸡国国王复仇的主力是王子，为丹麦国王复仇的主力也是王子。

第六，乌鸡国故事中负责揭露假国王罪行的，是外来的唐僧师徒。《哈姆雷特》中负责揭露克劳狄斯罪行的，是一群外来的伶人。

你看，乌鸡国和《哈姆雷特》的雷同之处确实不少。难道

1 侯会：《乌鸡国：<西游记>中的王子复仇记》《<水浒><西游>探源》。
2 李天飞：《莎士比亚抄<西游记>？为什么乌鸡国故事和哈姆雷特这么像？》，发表于澎湃新闻，参见https://www.thepaper.cn/newsDetail_forward_1451395。

这中间存在抄袭？如果是，谁抄袭谁呢？《哈姆雷特》诞生于1600年前后；同时期的中国是明朝万历年间，我们熟悉的《西游记》百回本早已问世了。这么看来，莫非是莎士比亚抄袭《西游记》？其实，事实没这么简单。

古代历史上经常出现这种两个不同文明拥有类似故事的现象，但这一般不是因为抄袭，而是因为很多好故事背后往往都有同一个原型。我在本书第三十篇中提到过"天鹅处女型"故事，中国的牛郎织女、日本的羽衣传说，都是同类故事。《哈姆雷特》的故事也并不完全是莎士比亚原创的，法国人贝尔弗雷曾于1570年出版过《悲剧故事集》，其中就收录了丹麦王子复仇的故事。但贝尔弗雷也不是原创者，这个故事早在民间流传了数百年；贝尔弗雷做的工作，也就是类似蒲松龄写《聊斋志异》那样的收集和润色工作。

所以，王子复仇的故事在欧洲早已流传，这个故事最早来自何处已经难以考证。因为商人和传教士的活动，这个故事可能在东西方都得到传播，在英国被莎士比亚改写为悲剧《哈姆雷特》，在中国则被改写为《西游记》中"除妖乌鸡国"的故事。这也说明，古代东西方的文化交流，比我们想象的要更为频繁和密切。

36

宝象国居然和斯里兰卡有关？

《西游记》里有个宝象国，这个国家的三公主百花羞曾被黄袍怪抢走为妻。黄袍怪神通广大，是二十八宿之一的奎木狼下凡，甚至还曾经把唐僧变成了一只老虎。后来，黄袍怪被孙悟空打败，回归天庭。唐僧也变回了人形，百花羞公主则被送回了宝象国。

前文讲了乌鸡国和车迟国国名的由来。宝象国的国名，其实没那么多讲究，"象"通"相"，"宝象"就是"宝相庄严"，意思是宝象国物华天宝，一派繁华盛景。原著里说宝象国"春风不让洛阳桥"（第二十九回），就是说，该国繁华不在大唐之下，这是一个极高的评价。

不过宝象国的故事，看似简单，其实暗含许多秘密。本篇我们就来一一拆解清楚。其中最含蓄也最惊人的秘密，我们放在最后说。

首先是宝象国故事的原型。唐僧的原型玄奘法师在《大唐西域记》里记录了他听来的一个传说，说是在印度南部有个国家，公主在出嫁的路上遇到一头狮子。结果护卫们都被吓跑了，把公主留在原地。公主当然很害怕，不过狮子居然没有伤害她，还把她背进深山，给她遮风挡雨，为她提供食物。后来公主就嫁给了狮子，还跟狮子生了一儿一女。再后来儿子长大了，发现自己的父亲不是人类，就带着母亲和妹妹偷偷跑回了母亲的家。狮子发现他们跑了，非常生气，就到处残杀百姓。当地国王，也就是公主的父亲，就招募勇士去杀这头狮子，结果勇士们都不是狮子的对手。最后，狮子和公主生的儿子应征去杀狮子，狮子看见是自己的儿子，就没有还手，任儿子用刀把自己刺死了。

《西游记》里的百花羞也是被黄袍怪掳走，还和他生了一儿一女，和这个故事非常相似。不过，《大唐西域记》里的故事还有后续。那个儿子在杀死狮子之后，国王觉得，这小子连自己的爹都能杀，不能留。于是就把他和他的妹妹分别放在两艘船上，让船随风漂流。那个儿子后来到了一处小岛，在当地建立了国家。因为他曾经杀死过狮子，所以这个国家被称为"执狮子国"，"执"就是"拿下"的意思。执狮子国就是斯里兰卡。斯里兰卡的国旗，主体就是一只狮子。而那个女儿，后来漂到了波斯国的西部，被当地的鬼魅迷惑，生了许多孩子，都是女儿。女儿们建立了一个新的国家，叫"西大女国"，这就是《西游记》里西梁女国的原型。西梁女国就是女儿国。关于女儿国的故事，我们后面还会说。

说完了宝象国故事的原型，我们再来说，黄袍怪把唐僧变成老虎的事。这件事情也有原型，出自《高僧传》，是南北朝时期一部专讲僧人的传记。书里有这么一个故事：一个和尚，偶然得到了一块老虎皮，就想了个损招，披着老虎皮，冒充老虎，躲在交通要道旁边的草丛里。遇到有人经过，他就会跳出来，把人吓跑，再把他们丢下的财物都拿走。他就这么干了不知多少回。忽然有一天，他发现老虎皮粘在身上拿不下来了，就跑到水边一照，发现自己真的变成了老虎。他很伤心，但没办法，只好过上了老虎的生活，以捕猎为生。有一天，他咬死了一个过路的和尚，正要吃的时候，忽然良心发现，心里想：我本是和尚，不守清规，已经有罪了；现在当了老虎，还要吃和尚，这不是罪上加罪吗？想到这里，他仰天长啸，结果那张虎皮从他身上脱落下来，他又变回了和尚。这一刻他大彻大悟：原来善恶只在一念之间啊！于是他就做了一位严守清规的和尚。

你看，这是一个和尚和老虎的故事。唐僧被黄袍怪变成老虎，又被孙悟空变回和尚，其实也有这个故事的影子。而且，原故事讲的是因果，唐僧变虎，背后也有因果。唐僧在来到宝象国之前，曾经在白虎岭被白骨精迷惑，动了嗔念，冤枉了孙悟空，所以他在宝象国被冤枉是虎精。这就是唐僧要承受的因果。

最后，我们再来讲讲黄袍怪这个妖怪背后的秘密。黄袍怪，这个名字就很奇特，黄袍是谁穿的呢？那只有皇帝能穿，所谓黄袍加身嘛。一个妖怪，无缘无故披上黄袍，这个设定其实是在影射皇帝。那是哪个皇帝呢？

黄袍怪的原型叫"奎木狼"，五行属木。我们知道，《西游记》影射的基本都是明朝的历史。明朝皇帝的姓名，都被朱元璋安排好了，是按五行相生来排的。比如明成祖朱棣，名字带木，朱棣的儿子朱高炽，名字带火，这是木生火；朱高炽的儿子朱瞻基，名字带土，这是火生土。那明朝皇帝有哪些名字是属木的呢？

在百回本《西游记》诞生之前，只有两位：明成祖朱棣和明孝宗朱祐樘。奎木狼这个黄袍怪，影射的当然不是性格温和的朱祐樘，而是明成祖朱棣。奎木狼把唐僧变成老虎，其实指的是朱棣发动靖难之役，从北平一路南下打到京师应天府（今南京），篡夺了侄子建文帝的皇位；又给那些忠于建文帝的臣子泼脏水，把他们都打成了"靖难罪人"。孙悟空把老虎又变成唐僧，其实指的是朱棣的儿子明仁宗朱高炽和孙子明宣宗朱瞻基，为了粉饰仁君治世的气象，消除朱棣屠戮大臣的血腥恐怖，又给这些人昭雪平反，把他们称为"建文忠臣"。中国历史上，这样翻云覆雨的事情还有不少。岳飞、于谦，都曾经经历过这样污名化以后再昭雪的待遇，都是当政者的政治需求罢了。

前文说过，《西游记》里的乌鸡国，影射的是明英宗朱祁镇和明代宗朱祁钰。而宝象国背后，其实隐藏着朱棣、朱高炽和朱瞻基这祖孙三代的历史。关于宝象国的秘密，就讲到这里。

37

灭法国国王为什么要杀和尚？

　　《西游记》里有个灭法国，国王许下罗天大愿，要杀满一万个和尚。后来，孙悟空半夜把国王、后妃，还有满朝文武的头发全给剃了。国王于是悔悟，不再杀和尚了，还把国号改为"钦法国"，意思就是尊重佛法的国家。这个故事，在电视剧《西游记》中，和孙悟空师兄弟在玉华州给三个王子传艺的故事合二为一了；但在原著中，其实是两个故事。

　　灭法国国王为什么要杀和尚，作者借观音菩萨之口，说："那国王前生那世里结下冤仇，今世里无端造罪。二年前许下一个罗天大愿，要杀一万个和尚。"（第八十四回）前世结下冤仇，今世无端造罪——这些话说得语焉不详。国王后来自己说"曾因僧谤了朕"，就是说因为和尚诽谤他。和尚为什么诽谤他？原著也没说。

　　灭法国还有一个奇怪的地方。孙悟空在灭法国说了这么一句话："虽是国王无道杀僧，却倒是个真天子，城头上有祥光喜气。"（同上）为什么灭法国国王杀和尚，却还是真天子呢？因为灭法国的故事，其实是在影射中国历史上的三武一宗。

请注意，"三武一宗"是四位皇帝的合称，说的是历史上三位谥号或者庙号里面带"武"字的皇帝，以及五代后周的世宗柴荣。前三位皇帝分别是北魏太武帝拓跋焘、北周武帝宇文邕，以及唐武宗李炎。三武一宗有个共同点，就是打击佛家。他们为什么跟佛家过不去呢？

先讲北魏太武帝拓跋焘。太武帝灭佛，主要原因是佛教僧人纪律败坏，甚至参与谋反。当时有一个农民起义军领袖叫盖吴，在长安举兵造反。起义被平定以后，太武帝居然在长安的佛寺里搜出许多武器。这还没完，佛寺里还藏匿着大量珠宝；甚至还有很多密室，里面关着和尚们抓来的妇女。太武帝勃然大怒，马上下了一道诏书，杀光长安的和尚，还要毁掉天下佛像；今后再敢言佛者，一律满门抄斩！这就是第一次灭佛事件。

然后再讲北周武帝宇文邕。宇文邕是一个狠人，基本上统一了中国北方，可惜三十五岁就英年早逝了。他的孙子后来被自己的外公篡夺了皇位。这位外公名叫杨坚，也就是隋文帝。所以，隋朝其实是在北周的基础上建立起来的。当然这些都是后话，我们说回宇文邕。宇文邕即位以后不久，就开了一次会，讨论儒家、道教、佛教之间的高下。讨论的结果是，宇文邕亲自认定，儒家高于道教，道教又高于佛教。有一些和尚还不太识相，当场表示抗议，说佛教至少要高于道教吧？宇文邕置之不理。又过了不到一年，他就下令捣毁佛像，焚烧佛经，让和尚、尼姑全部还俗。这就是第二次灭佛。这次灭佛一共毁掉了四万座佛寺，还俗的和尚、尼姑达到了三百万人。这是什么概念呢？三百万人，占北周全国人口的十分之一。灭佛的结果是，北周国力大大增强，很快就灭掉了北方的另一个政权北齐，为后来隋朝统一中国奠定了基础。

接下来是唐武宗李炎，唐朝的第十六位皇帝。唐武宗即位之前，佛家势力已经很大了。唐武宗却认为，佛寺容易滋生腐败，只有灭佛才能让尧舜的正道重现人间。于是，唐武宗下令：全国所有寺庙，全部拆毁；寺庙所有财产，全部没收；和尚、尼姑，全部还俗。唐武宗甚至还下令：寺庙里藏的佛像、佛钟，全部交给朝廷，拿来铸造铜钱；寺庙里所有铁器，全部交给地方政府，用来打造农具，然后发给农民。这就是第三次灭佛。这场运动，共拆毁寺庙四千六百所，还俗僧尼二十六万零五百人，没收土地数千万顷。于是唐朝呈现中兴之势。

最后就是周世宗柴荣。柴荣和前面三位有点儿不太一样，手段相对温和。他下令限制佛寺和和尚的数量，佛寺要经过官方认证，和尚要通过官方考核——不符合规定的寺庙要被取缔，没通过考核的和尚要还俗。同时，他还征用佛像，铸造铜钱，充实财政，为统一中国做准备。这些举措增强了后周的国力，宋太祖赵匡胤就是在这个基础上结束了五代的乱世。当时有僧人诅咒柴荣，说他会遭报应；柴荣说他做这些都是为了天下百姓，佛祖既然大慈大悲，那必然能谅解自己的做法。

以上就是三武一宗灭佛的来龙去脉。灭佛的原因，一是朝廷与佛教之间的冲突，二是和尚自己败坏戒律。

宋朝有一位宗颐禅师，作过这样一首诗："天生三武祸吾宗，释子回家塔寺空。应是昔年崇奉日，不能清检守真风。"意思是说：老天爷让"三武"来收拾我们，把和尚都赶回家了。这是因为当年的和尚们不能自我约束，生活作风出了问题。

这种现象到了清朝仍然还存在。比如清朝初年，扬州城外就发生过和尚和道士之间的争端：一个和尚想要强占道士的道观，将其改成寺庙。这家道观里有一位道长，他的侄子是大文学家李渔。李渔听说这件事，就在这家道观写下了一副名联。上联是："天下名山僧占多，也该留一二奇峰，栖吾道友。"下联是："世间好语佛说尽，谁识得五千妙谛，出我先师？"意思是：天下的名山，大部分都被和尚占了，你们也该留一两座山峰，给我们道士吧？世上的好话都被你们和尚说尽了，谁又知道真正的至理名言，出自我们先师老子的《道德经》呢？其实，这类现象，佛祖释迦牟尼早就预料到了。他说，佛法不是外道天魔能破得了的；能破佛法的，一定是后世那些不守清规、破坏戒律的和尚们。

我们再来看《西游记》。《西游记》也写了许多不守清规的和尚，比如为了私吞袈裟而火烧禅院的金池长老，还有镇海寺因为贪图白鼠精美色而被吃掉的和尚。灭法国国王其实就是在影射历史上的三武一宗，他们打击佛家，但这样做有利于江山社稷。所以孙悟空会说灭法国国王是个真天子，城头上有祥光喜气。《西游记》的格局是很大的，虽然主角是和尚，但并不一边倒地偏袒佛教。对历史上佛教的腐败现象，《西游记》也有无情的揭露。

至于后来灭法国为什么改名为钦法国，这其实是在说佛家的历史。经过三武一宗的打击，佛家在宋朝以后被纳入统治轨道，实现了制度规定下的有序发展。而且程朱理学开始兴起，在思想上也逐渐取代了佛学的地位。所以，宋朝以后，再未灭佛。灭法，也就转变为了钦法。

38

八十一难的最后一难，为什么又在通天河？

第八十一难叫作"通天河遇鼋湿经书"，就是唐僧师徒又回到通天河，遇到当年驮着他们过河的那只老鼋。老鼋又把师徒几个给驮上了，问唐僧："当年托你问如来佛祖，我还剩多少年寿命，你问了没啊？"唐僧愣住了，一言不发。老鼋见状，知道唐僧忘了问，就把唐僧师徒连同经书一起扔进了通天河。

这里其实有一处小差错。老鼋第一次驮着唐僧师徒过河的时候，托他们问如来的明明是自己几时能够脱壳得人身，这里问的却是自己还剩多少年寿命。其中是否有深意，我不敢断言，但这是作者笔误的可能性很大。毕竟《西游记》篇幅很长，完全可能写了后面忘了前面。而且《西游记》也可能是多人创作，统稿时出了差错也未可知。这个地方我们姑且存疑，不是本篇要讨论的重点。

这一难发生在唐僧师徒从西天取来经书以后，是观音菩萨给硬加上的。当时观音菩萨作为取经项目的主管，发现有一个项目指标没完成：唐僧师徒一路上只经过了八十难，还少一难。这可不行，得严格管理。于是观音菩萨加上了这最后一难。这一难为什么要放在通天河？这可不是随便加的，关键在那只老鼋身上。

前文讲过，鼋和元是同音，鼋就是元，意思是真元或者本元，用今天的话说就是人的本心。唐僧当年在老鼋背上渡过通天河，代表唐僧守住了本心，成功渡河。那最后一难，为什么又回到通天河呢？这其实很不合常理，讲故事贵在新鲜，要讲之前没讲过的故事，最忌讳重复。为什么作者宁愿重复，也要写这么一段呢？

这就要说到"九九八十一"这个数字了。观音菩萨要加上这一难，理由是"九九归真"。其实，九九归真并不是佛家的说法，而是道家的。佛家对"九"这个数字并没有什么偏好，但道家却很喜欢。道家喜欢九，是因为九是个位数里面最大的数。所以九在道家文化里代表极点。中国人说无限多、无限大，一般都会用到九。比如说天无限高，就说是九重天，或者九霄云外；说黄河特别曲折，就说是九曲黄河。九九重叠，那就更是大得没边了。道家哲学又讲"物极必反"，九九相叠，到达了极致，就又回到了原点，所以叫九九归一。这也是中国人思维方式的一个特点，认为万事万物都是一个循环，周而复始，永无止境。

那为什么又说九九归真呢？因为九九归一，一是初始，也是本真。但是，九九归真，不是说回到那个啥也没经历过、啥也不懂、傻不愣登的状态，而是回到一个经历过很多事，但是

171

洗尽铅华、回归本真的状态。用现在的话说，就是"愿你出走半生，归来仍是少年"。

你可能还听过一个说法，说人要经历三重境界。第一层境界：看山是山，看水是水。第二层境界：看山不是山，看水不是水。第三层境界：看山还是山，看水还是水。所谓九九归真，其实就是第三层境界。看似和第一层境界类似，其实已经走过了万水千山。这在哲学上，又叫否定之否定。第一层境界是肯定，第二层境界是对第一层的否定，第三层境界又是对第二层的否定之否定。否定之否定并不是回到肯定，而是比肯定的层次更高。

总之，九九归真，表示一个人的修为到了至纯至净的境界，所以《西游记》里说，九九归真，才算圆满。至于《西游记》为什么把道家的观念拿给佛家用，无须纠结，《西游记》本就秉持佛、道合流的立场。

我们回到通天河。通天河的老鼋代表本元，唐僧功德圆满之前的最后一难，就是回归自己的本元，这才算完成了九九归一。《西游记》原著第九十九回有这么两句诗："挑包飞杖通休讲，幸喜还元遇老鼋。"好一个"幸喜还元遇老鼋"，意思很明白，还归本元，于是才遇到老鼋。

遇上了还没完，还要面对自己本元的灵魂拷问：你还记得当年我交代给你的事吗？本元也代表人的初心，这里其实也是唐僧的初心在向他发问：你还记得自己的初心吗？唐僧一下被问住了，说他可能忘了。结果初心很失望，给他一点儿颜色尝尝，把他扔到水里。

那唐僧的初心是什么呢？电视剧《西游记》最后一集有一首寓意很深的歌，叫《取经归来》。里面有几句歌词很好："自度度人，自觉觉他。要把这真理妙谛播天下，要让我九州处处披锦霞。"取经归来，只是新征程的开始。接下来还要翻译佛经，传播真经的妙谛。所以，老鼋让唐僧落水，也是在提醒唐僧，初心还没有实现，路还在脚下。

而且，渡河中途落水，这也符合《周易》的精神，叫"未济"。《周易》最后两卦，是既济卦和未济卦。既济，就是已经渡过了河；未济，就是没能渡河。既济在未济的前面，这看上去很怪：渡过河怎么会在没渡河的前面呢？这不是反了吗？其实，这就是道家的精神，叫"大成若缺"。最后一卦没能渡河，留下一点儿缺憾，才有进步的空间。要是一点儿进步空间都没有，那就叫"亢龙有悔，盈不可久"。完美的东西是没法长久的。

唐僧师徒后来晒经的时候，不小心把《佛本行经》弄破了，导致真经不全。唐僧很懊悔，孙悟空却在旁边安慰："天地本就不全，这真经不全，正是应了不全的奥妙，不是人力能强求的。"孙悟空这番话的意思也是，大成若缺，盈不可久，完美不一定是好事。

总之，八十一难的最后一难在通天河，其实是一个关于本元和初心的故事。不过，唐僧师徒历经的最后一难，其实还不是第八十一难。我们后面再讲。

39

黄狮精必须死，背后是《西游记》的第一法则

　　《西游记》里有个黄狮精，住在玉华州附近。他的光荣事迹，是偷走了孙悟空他们哥儿仨的兵器，还要摆什么钉耙宴，结果被孙悟空他们上门剿灭了。

　　不过，除了这件事情有点儿不地道，黄狮精其实没干什么伤天害理的事。原著里面说，黄狮精偷来兵器，要摆钉耙宴，就打发两个小妖去买肉。你看，妖精要吃肉，还得花钱买。而且小妖买的是猪和羊。这里的隐含意思是，不吃牛肉。因为古代要用牛来耕地，私自宰杀耕牛是违法的。只有梁山好汉，才喜欢没事吃两斤牛肉。你看，黄狮精不但与人为善，还很遵纪守法。

　　更好笑的是，孙悟空后来用定身法，把那两个小妖给定在原地一天。然后他和八戒变化成两个小妖，沙僧变化成卖猪和羊的客人，回去找黄狮精，说钱不够，还倒欠人家五两，人家上门来要钱了。黄狮精居然说，让手下去拿点儿银子给他，不要欠人家的。后来他还同意留人家吃顿饭。你看，人类都自

己来到你家里了，你还给人银子、留人吃饭，有这么当妖精的吗？

但就是这么一个相对善良的妖怪，最后结局却很惨，被孙悟空哥儿几个铲平了洞府，自己也被孙悟空打死了。为什么好妖却没有好报？这里面有一个残酷的原因：黄狮精认了一个不该认的干爷爷，而这触犯了《西游记》的第一法则——阶层差异不容打破。

黄狮精的干爷爷是谁？是一只九头狮子，大号九灵元圣，本是太乙救苦天尊的坐骑。九灵元圣思凡下界以后，在凡间认了七个狮子孙儿：黄狮精、狻（suān）猊（ní）狮、抟（tuán）象狮、白泽狮、伏狸狮、猱（náo）狮和雪狮。但这七个孙儿都被孙悟空他们给灭掉了。诡异的是，九灵元圣对七个孙儿见死不救，等他们死了才出手报仇。甚至连这七个孙儿的死本身，都像是九灵元圣有意为之。

这样说是有根据的，我们来复盘一下七个狮子孙儿的死法。

狮子孙儿们前后两次对阵孙悟空师兄弟。第一次，七头狮子抓走了猪八戒；孙悟空使出身外分身的大招，将狮子们击败，还抓走两只狮子。第二次，九灵元圣亲自出马，让剩下的五头狮子去对付孙悟空几个，然后自己去抓玉华州国王父子和唐僧。

这个布局非常莫名其妙：上一次七头狮子尚且打不过孙悟空，这次居然派五头狮子去和孙悟空对阵？九灵元圣自己明明更厉害，亲自出马居然只是去抓玉华州国王和唐僧等几个毫无反抗能力的凡人？

　　这还不够，九灵元圣抓到唐僧等人以后，对着苦战中的狮子孙儿们淡淡说了句："我先去也。"随后就先回洞府去了。结果五个狮子孙儿果然不敌对手，四个被活捉，黄狮精被当场打死。

　　更蹊跷的还在后面。九灵元圣回头来找孙悟空他们算账，此时孙悟空手上明明还抓了六个活口。九灵元圣如果在意自己孙儿们的性命，此时应该上演双方谈判、交换人质的戏码。但九灵元圣这时候居然说了这么一段话："你这泼猴，把我那七个儿孙捉了，我今拿住你和尚四个、王子四个，也足以抵得我儿孙之命！"（第九十回）

　　这段话是什么意思？翻译一下：你捉的那几个，爱咋咋地，我不管了；我要把你们几个捉回去，给他们偿命。

　　你看，九灵元圣根本不在意孙儿们的性命，甚至从一开始就有借刀杀人的嫌疑——他巴不得几个孙儿们去死。

　　为什么会这样？因为《西游记》里面有一个默认的规则：神佛和凡间的阶层差异是不容打破的，两个阶层之间不允许出现交集；一旦出现，这个交集就必须被消灭。九灵元圣神通广大，背景极深。他看到孙悟空到来，便知道自己回归天庭的时候到了。所以他要扔掉狮子孙儿们这个包袱，毕竟这事坏了规矩。

　　黄狮精就属于两个阶层交集中的一员，类似的还有黄袍怪和百花羞公主生的两个孩子。这两个孩子都被猪八戒和沙和尚摔死了，而且死状极惨。原著第三十一回里，这一段描写得十分残忍：

> 却说八戒、沙僧，把两个孩子拿到宝象国中，往那白玉阶前掼下，可怜都掼做个肉饼相似，鲜血迸流，骨骸粉碎。慌得那满朝多官报道："不好了！不好了！天上掼下两个人来了！"八戒厉声高叫道："那孩子是黄袍妖精的儿子，被老猪与沙弟拿将来也！"

而且几乎无人在意这两个孩子的死。就是平时絮絮叨叨的唐僧，也没有责怪八戒、沙僧无故杀生。这两个孩子的父亲是黄袍怪，也就是二十八宿之一的奎木狼，这同样破坏了《西游记》的第一法则：阶层差异不容打破。

看到这些例子，我们就能理解，为什么观音的坐骑金毛犼来到朱紫国，化身赛太岁，抢走了朱紫国的金圣宫娘娘后，紫阳真人会送给金圣宫一件七彩霞衣，使她穿上浑身长刺，让金毛犼不能近身。你以为这是在保护金圣宫吗？想多了，这只是怕金毛犼在凡间弄出个孩子，打破了阶层差异啊！

再看文殊菩萨的坐骑狮猁怪，他在乌鸡国害死国王，自己当了三年假国王。但他从来没有非礼过王后，这也不是因为他清高，他了不起，而只是因为他做过绝育手术，有心无力，所以神佛对狮猁怪绝对放心。就算他身上出现医学奇迹，和王后生下了孩子，那也没关系。黄袍怪的两个孩子，就是先例。

所以，《西游记》的故事，还可以理解为，神佛借唐僧师徒之手，清理凡间，把那些妄敢挑战阶层差异的草根妖怪统统扫除掉。有价值的，收来做个奴才，比如胆敢盗窃袈裟的黑熊精、胆敢变成观音的红孩儿；没价值的，打死了事，比如乱认爷爷的黄狮精、盗窃王母灵芝草的万圣公主。曾经大闹天宫的孙悟空，其实地位类似被朝廷招安的宋江。宋江自以为，征讨方腊，可以建功立业，不料到头来不过是为他人作嫁衣裳。

《西游记》最强大的草根妖怪，非牛魔王莫属。当帮助天庭和灵山一起降服牛魔王的时候，孙悟空站在云端，看见这个当年的结义兄弟，如今筋疲力尽、气喘吁吁，跪下来乞求"莫伤我命，情愿归顺"，不知有没有想起当年在花果山，两人也曾推杯换盏，把酒言欢？当年说什么兄弟同仇，谁料最后只道是覆水难收。

所以，一部《西游记》，终究是神仙打架；所谓二十四史，也不过是二十四姓之家谱。前人田地后人收，说甚龙争虎斗？争名夺利竟如何，必有收因结果。

40

五庄观的镇元子，为什么要和孙悟空结拜？

《西游记》里有个五庄观，特产是人参果。五庄观观主是镇元子，人参果种植大户。孙悟空他们哥儿仨偷吃了人参果，后来孙悟空还推倒了人参果树，结果师徒四人被镇元子捉住。再后来，孙悟空请来观音菩萨，救活了人参果树，镇元子就和孙悟空结拜为兄弟。

这个故事有个很大的疑点：镇元子为什么要跟孙悟空结拜？镇元子一上来就说，自己跟唐僧的前世金蝉子是老朋友。镇元子和唐僧是同辈的，却跟唐僧的徒弟孙悟空结拜，那不是乱了辈分吗？而且，镇元子号称"地仙之祖"，原著里面，福禄寿三星见了他要以晚辈身份见礼，观音菩萨也说自己尚要敬他三分。那镇元子何苦屈尊跟孙悟空做兄弟呢？其实，这个故事里面，隐藏着镇元子的身份焦虑，他的身份可以用四个字来概括，叫"有位无权"。孙悟空偷吃人参果，其实反而治好了镇元子的身份焦虑。接下来我分四点来说。

第一点，镇元子的地位有多高？

镇元子是地仙之祖，那什么是"地仙"？《西游记》里面基本遵循中国神话的体系，仙分五等：天、地、神、人、鬼。天仙就是天庭有编制的仙，比如赤脚大仙。地仙就是在人间修炼，可以长生住世、逍遥自在的仙人。神仙就是精神纯净、忘却肉身的仙人，一般住在世外仙境，比如福、禄、寿三星。人仙就是道行高深的修行者，能够延年益寿、百病不侵，比如传说中的张三丰。鬼仙就是生前有功德，死后一念不灭的得道者，比如打鬼驱邪的钟馗。在《西游记》的体系里面，地仙的地位高于神仙，仅次于天仙。比如福、禄、寿三星说过，他们是神仙之宗；但对于地仙之祖镇元子，他们却是以晚辈之礼相见。所以，五庄观并不供奉三清四帝，只供奉"天地"二字，镇元子的地位真的不低。

第二点，镇元子的权力有多大？

镇元子号称地仙之祖，但地仙在《西游记》的世界里其实没什么存在感。牛魔王倒是说过，他老婆铁扇公主是个得道的地仙。但铁扇公主的法力也就平平。《西游记》里还有个黎山老母也是地仙，她曾经和观音、文殊、普贤三位菩萨变化成凡间母女，去试探唐僧师徒，这就是"四圣试禅心"的故事。可见黎山老母地位很高。不过，她地位虽高，存在感却不强。

总之，地仙是这样一个群体：他们的水平良莠不齐；有的实力很强，但缺乏严密组织，都是自由散漫的独立个体。个人能力再强，也敌不过组织的力量。天庭那就是有严密组织的。所以镇元子虽然名义上地位很高，但天仙们并不太把他当回事。所以孙悟空虽然路子野，但刚到五庄观时，根本不认识镇元子，连听都没听过。

第三点，镇元子有多热爱社交？

镇元子特别爱交朋友，他自称和唐僧前世金蝉子是朋友，其实金蝉子前世也就是在盂兰盆会上给他递了一杯茶而已。好比今天酒桌上有人给你敬过一杯酒，这算是朋友吗？过几天你再见到他，说不定还得想想：他是谁啊？更何况，唐僧前世跟镇元子是朋友，但这辈子根本不认识他。镇元子这是在硬攀交情。

而且，镇元子什么场子都想去凑热闹，灵山的盂兰盆会他要去，元始天尊的讲座他也要去。唐僧师徒来五庄观时他不在家，就是因为他上天听元始天尊讲"混元道果"去了。现实中这种人也很多，一般都是因为身份焦虑，希望获得认同。所以连他家的道童都喜欢炫耀：三清是家师的朋友，四帝是家师的故人。你想想，现实中那种动不动就炫耀自己跟某某人很熟的人，都是怎样的人。孙悟空当时的反应也很真实，白眼都翻到天上去了：谁啊？不认识，别吹牛了！

第四点，镇元子的真实目的是什么？

人参果树被推倒后，孙悟空说，大不了他找个方子把果树救活就是了。镇元子马上说，孙悟空要能做到，自己就跟他结拜。其实，在镇元子眼中，孙悟空寻找仙方的过程，也是五庄观的一次公关活动。你想，孙悟空见到谁，都要说："你们拉兄弟一把，把镇元子的果树救活吧，不然兄弟就有麻烦了。"

孙悟空找的这些神仙都会怎么想呢？哎呀镇元子还是有两下子啊，逼得孙悟空都低声下气求人。这么一来，镇元子的威名就传遍了三界，还有比这更好的公关吗？

最后，孙悟空把观音菩萨找来救活果树，还请来一堆神仙做见证。镇元子马上跟孙悟空结拜，还打下十个人参果，在场的朋友一人一个。为什么？他高兴啊，以前都是他去捧别人的场，今天他终于能攒局了。孙悟空在五庄观这几天，治好了他的身份焦虑。

所以，镇元子跟孙悟空结拜，也在情理之中。他看到了孙悟空人脉广、路子野，和孙悟空结拜，能获得人脉上的加持。而且孙悟空虽然是唐僧的徒弟，但其实也是唐僧的半个取经合伙人。最后孙悟空和唐僧可是一起成了佛，地位比八戒、沙僧和小白龙都要高出一截。镇元子很有眼力，投资人脉，就得趁早。而且，孙悟空桀骜不驯的个性，也很对镇元子的脾气。所谓英雄惜英雄，这俩人也就不管什么辈分高低，结拜做了兄弟。这种关系，其实有点儿类似金庸小说里的周伯通和郭靖，黄药师和杨过。

其实，甚至人参果风波本身，也很像是镇元子故意谋划的。人参果风波，从表面上看，是镇元子不在家，于是家里出了意外。镇元子的徒弟清风、明月，按照师父的嘱咐，打了两个人参果给唐僧吃，但没有孙悟空他们哥儿仨的份。猪八戒偷听到了，告诉了孙悟空；孙悟空就去偷来人参，兄弟三个分了。结果被清风、明月发现，恶言相向。于是孙悟空一不做二不休，连树都给你推倒了。

这个故事其实疑点很多，镇元子真的一点儿都没预料到吗？其实，这更像是他的故意谋划。接下来，我们一起看三个疑点。

第一个疑点：清风、明月看家。

镇元子明知道唐僧师徒要来，还要出门；走的时候，还留下年纪最小的两个弟子清风、明月来看家。而且清风、明月做事还很不靠谱，孙悟空本来只想偷人参果，没想推倒果树。但就是因为清风、明月脾气太差，骂人太狠，孙悟空一怒之下才下了狠手。而且，镇元子回来的时候，看到五庄观门口的地很干净，他还说清风、明月表现不错，平常日高三丈，腰也不伸，今天倒知道早起扫地。你看，清风、明月不靠谱，他是知道的。

更搞笑的是，镇元子进了观里，看见一个人都没有，他身边其他徒弟的反应是：他两个想是因我们不在，拐了东西走了。你看，清风、明月的师兄们也觉得这俩师弟不靠谱。镇元子明知唐僧师徒要来，尤其是孙悟空要来，孙悟空又是个惯偷，专长是偷水果（以前偷过蟠桃）。在这种情况下，他还让清风、明月这两个不靠谱的小徒看家，谁看了都觉得要出问题，何况镇元子这样的大仙呢？

第二个疑点：镇元子的待客之道。

他让清风、明月打下两个人参果，单独拿给唐僧，别让他的徒弟们知道。有这么待客的吗？你是想"二桃杀三士"还是怎么着？就算心疼人参果，你给唐僧吃一个，还有一个切成三块，三个徒弟一人一块不行吗？哪怕榨成果汁也行啊！本来，吃人参果无非是能长生不老，孙悟空他们哥儿仨估计都不缺这个，吃不吃无所谓。但你越是瞒着不让吃，孙悟空他们越是想吃。镇元子一个地仙之祖，怎么会连这点儿人情世故都不懂呢？

第三个疑点，镇元子事后的反应。

他回到五庄观，清风、明月说不得了了，家里进贼了，唐僧师徒是一群强盗。镇元子的反应是：

> 大仙（镇元子）笑道："莫惊恐，慢慢地说来。"
> （第二十五回）

清风、明月说连人参果树都推倒了，镇元子的反应是：

> 大仙闻言，更不恼怒。（同上）

你看，一副在自己预料之中的样子。后来镇元子把唐僧师徒抓回来，说要用刑，也是雷声大雨点小；要推孙悟空下油锅，孙悟空不怕油炸，镇元子当然也知道。而且从头到尾，他也没把唐僧怎么样，他知道唐僧根本撑不住。所谓用刑，不过是走个过场。过场走完，他才亮出底牌，说："你得还我的人参果树啊！"孙悟空说："你放了我师父，我帮你复活人参果树就是了。"镇元子马上说:"你要真能做到,我就跟你结拜。"你看,一副早有谋划的样子。

总之,人参果事件中,镇元子其实没什么损失,还获利巨大。他和孙悟空结拜,还攒局做了主场,治好了身份焦虑。这场疑似故意谋划的风波,对镇元子而言,是一笔划算的买卖。

41

万僧不阻的寇员外为什么横死？

　　《西游记》里有个寇员外，又被称为寇善人。他之所以被称为"善人"，是因为他发誓要斋万僧，就是要招待一万个和尚。他还在家门口立着一块"万僧不阻"的牌子，意思是只要是和尚到这里就可以进来，绝不阻拦。唐僧师徒来到他家以前，他正好招待了九千九百九十六个和尚，唐僧师徒四人来了，就正好凑满一万。结果，就在他功德圆满以后，却天降横祸，家里进了贼，寇员外也被贼给杀了。后来还是孙悟空下到地府，地藏王菩萨才给寇员外延续了十二年的寿命。

　　这个故事在《西游记》里很特别。因为整个故事都没出现妖怪，完全在讲人情世故。寇员外的故事也很不合情理，积德行善，反而不得善终。但其实，这个故事里面藏着很多春秋笔法：寇员外不一定是什么"善人"，他的死原本也在情理之中。下面我们就来重新回顾几个小细节。

　　第一个细节：寇员外的生平。寇员外真的是个善人吗？《西游记》作者唯恐我们看不清真相，还设计了这处情节：寇员外死后，孙悟空曾在寇家附近遇到一家卖豆腐的，在那里说寇员外的发家史。他说寇员外的父亲给他留的遗产并不多，转折点发生在寇员外成婚以后。寇员外的老婆叫"穿针儿"，这个名字虽然糙，但很有寓意。穿针引线，为人一定很精细，甚至苛刻。其实，在寇员外死后要诬告唐僧师徒的，也是这个穿针儿。我们一起来看看原著第九十七回这段：

> 娶的妻是那张旺之女，小名叫作穿针儿，却倒旺夫。自进他门，种田又收，放帐（账）又起；买着的有利，做着的赚钱，被他如今挣了有十万家私。他到四十岁上，就回心向善，斋了万僧，不期昨夜被强盗踢死。

这里注意两处文字。第一处是"种田又收，放账又起"。种田好懂，什么是"放账"？其实就是放债，说白了就是放高利贷，民间又叫"放印子钱"。看过《白毛女》的朋友都知道，做这门生意，没有不沾血的——因为欠债的还不起，放债的就一定会用暴力催收。但在古代，这是很多富豪发家的秘密。在《金瓶梅》里，西门庆就把高利贷当成重要业务，甚至敢向官员放贷。清河县新上任的驿丞吴典恩，穷得叮当响，但官服都得自己花钱做。他就通过应伯爵作保，向西门庆借一百两银子，借款文书上写明月息五分。按这个利息，一年后吴典恩就得还西门庆一百六十两，可谓暴利了。西门庆敢给官员放贷，是因为他背后有靠山——太师蔡京和提督杨戬，他都能说得上话。这两位都是皇帝跟前的红人，自然没有哪个官员敢给西门庆找不自在。而且，提刑所的何千户也跟西门庆的妻舅说，要是谁欠着西门庆的钱还没还，他可以帮忙讨要。提刑所是司法机构，直接出来帮忙暴力催收，西门庆这生意可谓做得省心了。

第二处需要注意的文字是"到四十岁上，就回心向善"。向善，还得先"回心"。这意思很明显了，寇员外四十岁以前根本就不是个善人；四十岁以后，觉得良心不安，决定靠斋僧来赎罪，求一个心里平安。这种人现在其实也不少。

再来看第二个细节：寇员外所谓的"斋僧"。这就更有意思了，寇家原本要留唐僧师徒一个月，等他自己功德圆满了再走。唐僧本来也答应了，但没住几天就要走。猪八戒不高兴，说在这里吃得好，喝得好，干吗急着走。结果唐僧居然对猪八戒发火了，骂得还很难听，又是"你这夯货，只知要吃"，又是"你这槽里吃食、胃里擦痒的畜生"。唐僧急着走，固然说是急着赶路，但这不是主要原因。他之前在金平府，曾经一住就是一个月。为什么在寇员外家却急着走呢？因为前几天他帮着寇员外做了好几场法事，这些法事的目的有三个：消灾障，解冤愆，除诽谤。

什么是"消灾障"？就是消除灾祸和业障。正所谓"福祸无门，惟人自召"，寇员外为什么害怕灾祸？还不是亏心事做多了怕报应嘛。

什么是"解冤愆"？就是解除冤仇和罪过。这就更明显了，寇员外这是结下了多少冤仇、犯下了多少罪过，才需要"解"？

什么又是"除诽谤"？就是不要让别人在背后戳寇员外的脊梁骨。问题是，什么样的人，才怕被别人戳脊梁骨？

唐僧帮寇员外主持这种法会，他也已经看出来了，寇员外根本不是诚心斋僧，只是想给自己赎罪消灾。他不想给寇员外当工具人，所以才要走。不得不说，唐僧虽然看妖怪没眼力，看人却是很准的。

最后是第三个细节：寇员外和灭法国的呼应。唐僧师徒曾经到过灭法国，当地国王说要杀掉一万个和尚，已经杀了九千九百九十六个，唐僧师徒一来，就刚好凑够一万个。寇员外刚好反过来，要招待一万个和尚，已经招待了九千九百九十六个，加上唐僧师徒，也是刚好一万个。这并不是单纯的巧合。在《西游记》原著中，这两件事刚好构成一组相互映照的镜像。

灭法国虽然要杀和尚，但孙悟空观察了一下却说："虽是国王无道杀僧，却倒是个真天子，城头上有祥光喜气。"寇员外虽然款待和尚，但唐僧却觉得他没什么德行，急着要走。灭法国是恶中藏善，寇员外却是善中藏恶。注意，《西游记》的格局是很大的，虽然要普度众生，但并不看重你对和尚是什么态度。你对和尚不好，但对百姓好，那也是个真天子。反过来，你对和尚好，但前半生尽干缺德事，也不算什么真善人。

现实当中也是这样，有的人坏事做绝，但你看他发的微信朋友圈，都是什么随喜功德、平安喜乐，还动不动就进庙烧香，甚至给寺庙捐钱。寇员外大致也属于这一类人。他的结局也很讽刺，孙悟空去地府，阎王推卸责任说：不知道寇员外怎么就来了。孙悟空又找地藏王菩萨，菩萨说：看寇员外生前做善事，想让他在自己这儿管文书档案；既然悟空要带他走，那就再让他活十二年好了。

其实，寇员外要是真善人，怎么会被留在地府打工呢？应该去往极乐世界才是，再不济也该投胎享受富贵啊！地藏王菩萨这番话，也无非是看孙悟空来找麻烦，做个顺水人情罢了。寇员外前半生干了不少坏事，四十岁才回心向善，换来十二年寿命，已经是赚大发了。

42

神通广大的大鹏金翅雕，为什么甘心当老三？

《西游记》里的妖怪，谁的法力最高？

太乙天尊的坐骑九灵元圣和如来佛祖的舅舅大鹏金翅雕，这两位可以争夺第一名的席位。尤其是大鹏金翅雕，原著里面说如来佛祖为了降服他，把五百阿罗汉和三千揭谛都派上了阵；结果人家都不怕，甚至还放话说要放倒如来，夺了大雷音寺。最后还是如来施法把他暂时困住，还承诺说，以后收了天下供奉，都让他先吃。注意，这个条件可不算差，猪八戒一路走到西天，也就是个净坛使者——天下供奉，吃不完的再给你吃。这是吃"剩饭"的，比大鹏的待遇可差远了。总之就是连劝带哄，大鹏金翅雕才同意归降。

这里就产生一个问题，为什么大鹏金翅雕这么厉害，但在狮驼岭三个妖怪里面，他却排行老三？老大是文殊菩萨的坐骑青狮，老二是普贤菩萨的坐骑白象。大鹏金翅雕心态很好，甘愿当老三，还一口一个"大哥""二哥"地叫着。这就怪了，《西游记》的妖怪们都是按实力来论资排辈的，大鹏金翅雕为什么甘当老三呢？接下来我们分三点，来揭秘大鹏金翅雕内心的真实图谋。

第一点，大鹏金翅雕的政治野心。

《西游记》里的妖怪，大多就是啸聚山林，图个快活。大鹏和他们都不一样，人家是正经地自己搞了一个国，叫狮驼国。这里需要强调一下，我们常说狮驼岭三个妖怪，其实狮驼岭上常住的就俩妖怪——青狮和白象。大鹏平时在自己的狮驼国里称王称霸，只是偶尔去狮驼岭找两位大哥唠唠嗑，属于狮驼岭的客座妖怪。

而且，大鹏金翅雕的狮驼国，并不是人类的国度，而是一个妖怪之国。原著第七十六回里说是：

斑斓老虎为都管，白面雄彪作总兵。
丫叉角鹿传文引，伶俐狐狸当道行。
千尺大蟒围城走，万丈长蛇占路程。
楼下苍狼呼令使，台前花豹作人声。

这样一幅景象，就连孙悟空见到了，也是"吓了一跌，挣挫不起"。其实狮驼国原本是一个正常的国家，但大鹏金翅雕带着妖怪来把全国百姓都吃掉了，占据城池，自立为王。而且，他在狮驼国的制度建设，完全仿照现实中的国家。所以，大鹏金翅雕其实是妖怪里的"军阀"，他这么干，说明他有政治野心。那他想干什么呢？我们再来看第二点。

第二点，大鹏金翅雕的人脉布局。

大鹏金翅雕自己都占了一个国，为什么还要结交青狮和白象呢？这固然是因为青狮、白象实力不凡，更重要的是，青狮、白象分别是文殊、普贤的坐骑，是从灵山偷跑出来的，对灵山的事情熟门熟路。大鹏虽然号称是如来的舅舅，但这其实只是名义上的。如来当年被一只孔雀给生吞了，结果他剖开孔雀脊背出来了。如来本来要杀孔雀，诸佛劝解，说孔雀好比他的生身之母。于是如来就封孔雀为佛母大明王菩萨。大鹏金翅雕和孔雀一母同胞，所以如来名义上算是大鹏的外甥。不过，原著里如来也只是淡淡地说，自己和大鹏算是沾点儿亲。孙悟空问明原委，说："原来你是大鹏的外甥啊！"如来也没搭理他，只说了一句："那怪须是我去，方可收得。"（第七十七回）

可见，大鹏金翅雕只是如来名义上的舅舅，如来根本没当回事。这也难怪，当初他封孔雀为佛母，也只是做一种姿态而已，哪会因此真的把大鹏当亲戚？而且在《西游记》中，大鹏在灵山并没有职位，他只是一个自立为王的野怪。所以，他需要结交在体制内有身份的青狮、白象，共谋大事。这件大事是什么？我们再来看第三点。

第三点，大鹏金翅雕的终极图谋。

大鹏为什么要和青狮、白象结拜，原著里借巡山的小钻风之口说：大鹏打听到唐僧要去西天取经，吃唐僧一块肉可以长生不老；但他又听说孙悟空十分厉害，于是跑来找青狮、白象结拜，要合伙去捉唐僧。

这个地方很不合理：青狮、白象已经在灵山有编制了，大鹏也是神通广大，恐怕并不需要吃唐僧肉。三兄弟要吃唐僧，其实只是吃着玩，或者向灵山表明一个不服管的态度。所以，青狮、白象吃唐僧的决心其实并不坚决；他俩被孙悟空打败以后马上就尿了，不但放弃了唐僧肉，还要安排送唐僧过狮驼岭。

但大鹏坚决不干，说正好可以把唐僧送到狮驼国，他在那里有人接应，可以趁机拿下唐僧。大鹏为什么一定非吃唐僧不可呢？因为吃了唐僧，破坏了取经计划，青狮、白象相当于纳了个投名状，才会铁了心地和大鹏结成一党。

结成一党要干什么呢？等到如来率领五百罗汉和三千揭谛亲自来捉拿他的时候，大鹏才终于图穷匕见。原著里，他冲着青狮喊道："大哥休得悚惧。我们一齐上前，使枪刀搠倒如来，夺他那雷音宝刹！"（第七十七回）你看，这才是他的终极目标，只是最后没能成功。

我们复盘一下这个故事。大鹏金翅雕的真正目的是：冲上西天灭佛祖，大雷音寺我做主。因为他都已经自立为王了，树大招风，不先发制人，迟早要被铲平。但这件事风险太高，所以他要拉上青狮、白象做帮手。而且，大鹏甘愿做老三，有什么事两位大哥可以先顶着。青狮、白象本是灵山偷跑出来的，就算事情败露了，惩罚也不至于太重。大鹏作为从犯，那就更不会受到严惩。不过，大鹏和青狮、白象的关系并不是很紧密。青狮、白象平时在狮驼岭，大鹏却割据狮驼国，只是偶尔走动。所以，大鹏需要青狮、白象纳上一个投名状，来和灵山划清界限，和自己站到同一阵营。吃唐僧肉，就是最好的投名状。

所以说，大鹏金翅雕是整部《西游记》里最有野心，也最有头脑的妖怪。最后他功败垂成，也是剧情需要，毕竟作者不会让他得逞。

43

唐僧在女儿国真的动情了吗？

　　《西游记》里最动人的，可能就是女儿国的故事。这有一大半要归功于电视剧《西游记》。可能因为导演是一位女性，所以这一集的爱情描绘得特别凄婉动人。再加上一首风靡大江南北的《女儿情》——说什么王权富贵，怕什么戒律清规——让不少朋友都有这么一个认识：唐僧在女儿国，真的动情了。要不是蝎子精跑出来坏事，唐僧和女儿国国王，恐怕早就成其好事了。

　　那这个看法对不对呢？唐僧在女儿国到底有没有动情呢？根据原著的说法，很遗憾，一点儿都没有。在原著当中，女儿国的故事，关键词应该是"欲望"，而不是"爱情"。甚至女儿国本身，也是一个非常恐怖的地方，一点儿不亚于唐僧师徒路过的那些妖怪洞府。

　　接下来，我们先讲讲，女儿国到底是一个怎样的地方；再讲女儿国国王和唐僧到底是怎样的关系。

　　先说女儿国这个地方。其实，原著里从未出现"女儿国"

这个字眼，而一直称呼其为"西梁女国"。所谓"女儿国"，是民间俗称，也可能与清代小说《镜花缘》中的"女儿国"有关。不过，《镜花缘》中的女儿国，是一个男女颠倒，女人当家作主、男人从属于女人的国家，和西梁女国并不是一回事。《西游记》中的西梁女国，应当来自《大唐西域记》中的"西大女国"。我在本书第三十六篇提到过这个传说：古印度的一个公主和狮子生下一儿一女，后来儿子弑父，兄妹俩各被放上一条船，随风漂流。结果妹妹漂到波斯西部，被鬼怪魅惑，生下一群女儿，建立了"西大女国"。这就是"西梁女国"的原型。

所以，《西游记》中的西梁女国，原型是一个鬼魅之国，这为它的恐怖奠定了一层底色。可能有朋友有这么一种印象，说女儿国与外界隔绝，很少有男人来这儿，所以当地百姓看到男人就会觉得很稀奇。会有这种印象，是因为原著里女儿国国王说了这么一句话："我国中自混沌开辟之时，累代帝王，更不曾见个男人至此。"（第五十四回）意思就是说女儿国从没男人来过。但事实真的如此吗？

女儿国其实和外界往来畅通，甚至还有对外贸易。唐僧师徒路过通天河陈家庄的时候，当地的陈老说过这么一番话："河那边乃西梁女国。这起人都是做买卖的。我这边百钱之物，到那边可值万钱；那边百钱之物，到这边亦可值万钱。利重本轻，所以人不顾生死而去。"（第四十八回）这里面提到的西梁女国，就是女儿国的正式名称。你看，陈家庄和女儿国之间是有贸易往来的，这说明女儿国的百姓是见过男人的，而且还经常见。唐僧师徒刚到女儿国，就被一堆女人围观，女人们还喊着："人种来了！人种来了！"这也说明她们见过男人，男人有什么用，她们也很清楚。

恐怖的事情来了。通天河的陈老为什么说去女儿国做生意是"不顾生死而去"，难道去女儿国还有生命危险吗？当然有。唐僧师徒刚到女儿国，住在一个婆婆家里，婆婆说过这么一番话：

> 爷爷呀，还是你们有造化，来到我家！若到第二家，你们也不得囫囵了！……我们一家儿四五口，都是有几岁年纪的，把那风月事尽皆休了，故此不肯伤你。若到第二家，老小众大，那年小之人，那（哪）个肯放过你去！假如不从，就要害你性命，把你们身上肉都割了去做香袋儿哩。（第五十三回）

意思是说：我家的人上了年纪，对风月之事已经没兴趣了。你要是遇上年轻女人，哪肯放过你。你要是不从，她们就要割你身上的肉做香袋。你看，吓人吧？！而且，这些被割肉的男人，在女儿国也再没出现过。他们是死是活？去了哪里？原著没有明说，可谓细思极恐。

再讲个细节。唐僧和八戒因为误喝了子母河水，怀孕了。当地人说，要喝落胎泉的泉水，才能恢复。结果落胎泉的泉水被如意真仙给占了，变成了摇钱树，要给礼物才能取水。孙悟空打跑了如意真仙，取来了泉水，唐僧和八戒才得救。

这就有个问题，如意真仙能把落胎泉水当生意做，证明客户不少，市场很大。那这些人为什么也要来取水？难道也是因为误喝了子母河水？当地人都知道子母河的功效，误喝河水而孕不太可能。那她们是怎么怀的孕？大家可以自行想象。

总之，女儿国其实是一个欲望横流的地方。那女儿国国王为什么说从来没男人来过？这不过是一国之君的公开话术罢了，不必太当真。

再看第二个问题，女儿国国王和唐僧到底是什么关系？

电视剧里把两人的关系描绘得很含蓄。两人刚见面时，女王只是看着唐僧默默发痴。那原著里是怎么写的呢？女王见了唐僧，看得是心欢意美，然后直接就是这么一句："大唐御弟，还不来占凤乘鸾也？"（第五十四回）非常直接，连个铺垫都没有。这表面上是让唐僧赶紧上车，但还暗含着结成佳偶的意思。唐僧见这女王比女妖精还直接，吓得站都站不稳了，一心就想赶紧跑路。原著里说是："一个喜见男身，恨不得白昼并头谐伉俪；一个怕逢女色，只思量即时脱网上雷音。"（同上）你看，这里都明说了，女王是看唐僧看得心欢意美，恨不得马上成事；而唐僧只想快点儿跑。后来唐僧假意答应女王，也是为了骗女王送他们师徒出城，这样他才好脱身。

你觉得这很残酷？还有更残酷的。你有没有觉得，女儿国的故事，有点儿奇怪？唐僧在这个故事里面，连续遇到两次劫难，先是女儿国国王，然后是蝎子精。女儿国国王和蝎子精之间，有没有什么联系呢？

当然有，原著里写唐僧被蝎子精掳走，用了两句话，叫"脱得烟花网，又遇风月魔"（同上）。女儿国国王是烟花，蝎子精是风月。烟花是欲望横流，没有技巧；风月却除了欲望，还有满满的手段。女王和蝎子精一前一后，衔接紧凑，这其实是在暗喻，女王被唐僧欺骗，黑化以后，就可能变成蝎子精的样子。而那满满的欲望一旦遭遇失望，就可能化作满腔怨毒，变成蝎子尾上针。

所以，《西游记》原著里女儿国的故事，其实是一个有点儿无聊的道德说教故事，也符合全书一贯的禁欲思想。就观看效果而言，电视剧的改编为它赋予了人性，可以说是成功的。

44

唐僧为什么是个胖子？

《西游记》里的唐僧，其实是个胖子。

注意，我说的是《西游记》原著里的唐僧，不是历史上的玄奘大师。电视剧《西游记》里面，唐僧的演员一共有三位：徐少华老师、汪粤老师和迟重瑞老师。要说喜欢，我其实最喜欢迟重瑞老师的风度。但要说贴近原著，可能徐少华老师最贴近。因为他脸上胶原蛋白比较多，看上去白白胖胖的。原著里的唐僧，也是个白胖的和尚。

听到这里，可能有朋友急了：唐僧明明是个白马王子，怎么会是个胖子呢？不过，我说唐僧是胖子，是有证据的，原著里不止一回这么说过。

比如在朱紫国，孙悟空揭了国王求医的榜文，故意塞到猪八戒怀里。结果出来一个太监，来确认猪八戒的身份，他对唐僧的描述是："我头前见个白面胖和尚，径奔朝门而去，想就是你师父？"（第六十八回）你看，这里明明白白有"白面胖和尚"五个字。

你要说这个太监是肉眼凡胎，不算数，那我们再请出妖精做证。红孩儿刚看到唐僧的时候，就跟小妖们说了一句："我才看着一个白面胖和尚骑了马，真是那唐朝圣僧……"（第四十回）红孩儿年少有为，很有本事，而且他看唐僧的眼神，是猎人看猎物的眼神，这种判断一般不会有错。

你要说太监和红孩儿都是男人，不免以偏概全。那我们来看女儿国国王的评价，她说唐僧是"丰姿英伟，相貌轩昂"。注意，是"丰"姿，不是"风"姿。什么是"丰"，你体会一下。都说情人眼里出西施，女儿国国王尽管是"情人"，也仍然委婉地说了：唐僧是个胖子。

那问题就来了，唐僧取经，一路风餐露宿，怎么还能变成个胖子呢？下面进入"舌尖上的西游"特别节目，我们看看唐僧一路上都在吃些什么。

在女儿国，唐僧吃的是玉屑米饭、蒸饼、糖糕、蘑菇、香蕈、笋芽、木耳、黄花菜、石花菜、紫菜、蔓菁，更有芋头、萝菔、山药、黄精。

《西游记》第六十九回，是这样描写唐僧在朱紫国参加的宴席的：

> 古云："珍馐百味，美禄千钟。琼膏酥酪，锦缕肥红。"宝妆花彩艳，果品味香浓。斗糖龙缠列狮仙，饼锭拖炉摆凤侣。荤有猪羊鸡鹅鱼鸭般般肉，素有蔬肴笋芽木耳并蘑菇。几样香汤饼，数次透酥糖。

滑软黄粱饭，清新菰米糊。色色粉汤香又辣，般般添
换美还甜。君臣举盏方安席，名分品级慢传壶。

当然，这宴席上的荤菜，唐僧他们是不吃的。以上都是
国宴级别的饮食，我们再来看唐僧在路上的农庄又吃的是些
什么。

在通天河畔的陈家庄，唐僧吃的是素果品菜蔬，还有面
饭、米饭、闲食、粉汤。

在七绝山（蟒蛇精的地盘）旁的驼罗庄，唐僧吃的是面
筋、豆腐、芋苗、萝白、辣芥、蔓菁、香稻米饭、醋烧葵汤。

你看，唐僧这吃的几乎都是碳水。你可能会说唐僧又不是
每天都吃席，也有露宿荒野的时候吧？那时候吃什么呢？放心
吧，有孙悟空在，还能饿着他？

你可能又会说，就算唐僧吃得多，他一路消耗也不少啊！
其实，唐僧虽然号称历经九九八十一难，但这一路也并没那么
辛苦。

有一首说唱的歌词是这样的："这西天的路，贫僧从不自
己走。身边homie（老友）都很酷，就是长得有点儿丑。我不
是故意地开了几瓶路易的酒，就这样富裕地招惹了那些妒忌的
狗。"这虽然是玩笑，但其实很有道理。唐僧这一路，都是骑
着白龙马代步。虽说长时间骑马并不舒服，但总不至于一路担
惊受怕，影响消化。西天取经是三界"第一号工程"，如来佛
祖亲自签字，玉皇大帝全力支持；唐僧除了有几个徒弟，周围

还有四值功曹、五方揭谛与六丁六甲暗中保护。取经要是失败，不知有多少人要被问责。所以，唐僧所谓的担惊受怕，也不过是在想：哎呀，我的徒弟是个盖世英雄，他会踩着七彩祥云来救我。而且他猜得中开头，也猜得中结尾。

所以，唐僧属于那种被领导指定要下放锻炼、然后提拔的对象。这种人，在领导口中，当然是很不容易、受尽了辛苦。其实，他主要负责的就是上台讲PPT，辛苦的是负责给他做PPT的人。最后项目工程圆满结束，大家鼓掌通过，心照不宣罢了。

而且，在现实的权力关系中，这样的人物，在个人前途问题上往往表现得自私、凉薄。在《西游记》中，唐僧经常表现出这种自私、凉薄的个性。

这里讲两处容易被忽略的细节。

第一处，唐僧在女儿国误喝子母河水以后的表现。

当时唐僧和猪八戒都不小心喝了子母河水，结果意外怀孕，但两人的表现却很不一样。猪八戒当时吓坏了，说："爷爷呀！要生孩子，我们却是男身！那里开得产门？如何脱得出来？"（第五十三回）

孙悟空吓唬他说，瓜熟蒂落，到时候从胁下裂个窟窿，自然就出来了。

猪八戒更害怕了，喊着"死了，死了"，还拉着孙悟空不放，让他给自己找几个手轻的稳婆（接生婆），做好准备；说自己现在一阵阵疼，恐怕是阵痛（宫缩疼痛）。

你看，猪八戒虽然好色懒惰，但这个时候的第一反应，是把孩子给生下来。

那唐僧的反应呢？这位平时动辄指责孙悟空杀生的有道高僧，居然对婆婆来了这么一句："婆婆啊，你这里可有医家？教我徒弟去买一贴堕胎药吃了，打下胎来罢。"（同上）

你看，唐僧这种时候还不如猪八戒表现得有温情。他不仅是怕疼痛难忍，更怕真的产下婴儿，被佛祖问罪，误了取经成佛的大业。

说到取经成佛，我们再来看第二处细节。这其实在前面的章节也提到过。唐僧师徒取了真经，回到长安后，唐太宗为唐僧安排法会，让他登坛讲经。唐僧手捧经卷，正要开腔，半空中八大金刚高喊："别磨蹭了，跟我们回去！"唐僧的反应是"将经卷丢下"，腾空而去。注意这个"丢"字，也是毫不犹豫。取经和成佛，孰轻孰重？唐僧的答案已经很明确了。

所以，《西游记》中的唐僧，其实很像职场中那些上级重点培养、平素养尊处优、遇事自私凉薄的中层领导。作者把他写成一个胖子，当然不是随意为之，而是有所暗示。真正值得敬佩的，其实是历史上的玄奘法师，人家是真的一步一个脚印地完成了取经的壮举。这说明，面对不公平的世界，普通人其实还是有自己的解法的：那就是不顾旁人的冷眼，用自己的坚持去做完想做的事，用自己的方式去度过一生。

45

卷帘大将打碎个玻璃杯，这事有多严重？

《西游记》里的唐僧师徒，每个人都有自己的故事。本篇我们来聊聊沙和尚的一件事：沙和尚是因为什么被贬凡间的？

沙和尚本是玉帝身边的卷帘大将。这个官到底有多大，很多朋友都有误解。有这样一种说法，说卷帘大将，卷帘嘛，就是跟在玉帝身边，在玉帝进门、出门的时候，帮玉帝掀一下门帘：领导您注意低头，别磕着了。所以卷帘大将，就是给玉帝打杂的随从。

这种说法是不对的。《西游记》里面沙和尚有一段自我介绍，说自己当年，"玉皇大帝便加升，亲口封为卷帘将。南天门里我为尊，凌霄殿前吾称上"（第二十二回）。你看，南天门里，凌霄殿前，卷帘大将如此尊贵，地位如此之高。即使挤掉沙和尚吹牛的水分，也说明卷帘大将的地位并不低。

其实，熟悉历史的朋友都知道，决定地位的不是官职品级，而是与最高权力的距离。卷帘大将这个官职，大致相当于天庭的禁卫军统领。禁卫军统领的品级，不一定比满朝文武都要高，但满朝文武只要进了南天门，就得听从禁卫军统领的安排，服从南天门里的安保规定。而且，禁卫军统领是玉帝的亲信，满朝文武都要给他面子，所以沙和尚敢说"南天门里我为尊"。

但就是这么一个地位崇高的卷帘大将，却因为一件看似不起眼的小事给免了职。看过《西游记》的朋友都知道，卷帘大将在一次蟠桃会上，失手打翻了玻璃盏；结果玉帝勃然大怒，把他贬下凡间。这里需要说明一下，原著里面一直说卷帘大将打翻的是玻璃盏，不是琉璃盏。所谓琉璃盏，可能是电视剧的编剧觉得玻璃不值钱，所以改成了听上去比较贵的琉璃。不过，其实玻璃在古代也是奢侈品。《红楼梦》里就说贾蓉找王熙凤借过玻璃炕屏，王熙凤当时还说："若碰一点儿，你可仔细你的皮！"（第六回）所以，天庭的宴会用玻璃盏（玻璃杯），是很符合参会者身份的。

但就算是这样，对玉帝来说，一个玻璃杯，算多大点儿事？为这点儿事，就把禁卫军统领给贬下凡间，是不是有点儿反应过度？而且，原著说玉帝不仅是把沙和尚给贬了，而且每隔七天，就要降下飞剑，在沙和尚肋骨下面来回穿一百多下。这可以说是一种酷刑了。为了一个玻璃杯，至于这样吗？

因为这里看上去不合理，所以很多人就做出各种猜测。有人说，那个玻璃杯是用来装太上老君的金丹的；打碎杯子，金丹就撒啦！还有人说，那个玻璃杯是用来装蟠桃汁的；打碎杯子，桃汁就泼啦！甚至还有人说，玻璃杯只是个幌子，玉帝其实是发现卷帘大将和王母娘娘有不正当关系，所以才处置了卷帘大将。这些人说得有鼻子有眼，就像是在现场目睹了全过程一样。其实，这些完全是没有根据的猜测。卷帘大将确实就是因为打碎玻璃杯被贬，而且这件事本身就是合乎逻辑的。

古代中国是一个礼治社会，对"礼"的要求非常苛刻。在朝堂上违反礼制，叫"殿前失仪"，后果很严重。历史上因为殿前失仪被弹劾的大臣也不少，比如北宋著名的大文学家欧阳修。他本来已经官至参知政事，相当于副宰相。结果在宋英宗出殡的时候，他没来得及换衣服，在官服外面罩上一件白色丧服，就匆匆忙忙跑去了。结果他在上台阶的时候，被后面的御史看见了衣服下摆里面的紫色官服。这下事情可就大了。御史马上弹劾欧阳修殿前失仪。后来还是宋神宗替欧阳修说好话，才止住这场风波。这种情况在电视剧中也有反映，比如《甄嬛传》里的苏妙青，就是因为殿前失仪才在选秀中落选。

卷帘大将在蟠桃盛会这种正式场合，当着玉帝的面，打碎了玻璃杯，这是典型的殿前失仪；他因此被革职，并不算过分。

当然，中国除了是礼治社会，也是人情社会。就算你殿前失仪，如果玉帝跟你关系好，当时心情也不错，那处分也不至于这么重，至少不至于遭受飞剑穿身之苦。但是，当时玉帝的心情很可能非常不好。

那几年有可能是玉帝最有危机感的时刻。连续几届蟠桃会，一次是被孙悟空偷吃了蟠桃，还惹出了大闹天宫的乱子；还有一次是天蓬元帅酒后失态，调戏嫦娥，结果被贬下凡，于是成了猪八戒。你要是玉帝，肯定也觉得，人心散了，队伍不好带了，需要整顿一下纪律了。

结果就在这个节骨眼上，蟠桃会上又出了幺蛾子——卷帘大将当众打碎一个玻璃杯。这个行为很可能把玉帝积压已久的怒火一下子点燃了，都发泄在卷帘大将身上。

而且，玉帝和卷帘大将的关系，其实是很微妙的。玉帝对他看似信任，但最交心的信任的背后，往往隐藏着最阴暗的猜忌。卷帘大将是禁卫军统领，负责玉帝的安全。那也意味着卷帘大将一旦反水，玉帝的最后一道安全防线就不攻自破了。

五代时期就发生过这么一件事：后周世宗柴荣在位时期，有一句预言很流行，叫"点检作天子"。点检就是殿前都点检，就是当时的禁卫军统领。柴荣听说了这句预言，为了以防万一，就把殿前都点检张永德给免职了，换了个人来当。换谁呢？赵匡胤。结果柴荣死后，赵匡胤黄袍加身，真的做了天子。

所以，玉帝和卷帘大将的关系，本来就是危险关系。卷帘大将在蟠桃盛会上摔了玻璃酒杯，这个行为在古代又有特殊含义，叫"摔杯为号"。估计杯子摔碎那一刻，玉帝肯定极为惊恐：你小子想干什么？满朝文武也很害怕，原著里说是"失手打破玉玻璃，天神个个魂飞丧"（第二十二回）。等玉帝发现只是意外，那种惊恐失态，很快会转为火冒三丈。这时的他会做出一个决定：严惩卷帘大将，整顿天庭纪律。

这么一看，卷帘大将会遭到那样残酷的惩罚，也就不奇怪了。

46

碧波潭万圣公主的悲剧，每天都在上演

本篇我们来讲《西游记》里的万圣公主。可能有朋友对万圣公主没啥印象了，我提示一下：万圣公主就是碧波潭万圣龙王的女儿，她的丈夫是九头虫。前面有一篇讲九头虫，本篇我们换一个视角，来讲万圣公主。

在电视剧《西游记》里，万圣公主本来嫁的是小白龙。但在《西游记》原著里，万圣公主和九头虫才是原配夫妻，没小白龙什么事。而且万圣公主是不太可能嫁给小白龙的。小白龙是西海龙王的三太子，在龙族当中属于上流阶级。万圣公主的父亲是碧波潭龙王，虽然也是龙王，但地位也就比井龙王高那么一点儿，甚至还不如那个因为篡改下雨时辰和点数而被处斩的泾河龙王。人家泾河可是当时首都长安地区的大河，碧波潭最多只能算是个地方风景区。所以，万圣公主嫁给小白龙的可能性不大。请记住这一点，这和万圣公主的精神发展密切相关。这种精神发展，造成了她的悲剧。

这里我先打个预防针，接下来我只是就万圣公主做一个个案分析，并不是说出身和万圣公主相似，性格、命运就一定也相似。但个案分析可以帮助我们增进对人性的理解。

万圣公主的原生家庭，在她的性格中留下了三个问题。

第一个问题：富而不贵的家庭造成的阶层焦虑。万圣公主虽然高攀不上小白龙，但家境并不算差。书里说孙悟空曾经下过碧波潭，看到的景象是：

朱宫贝阙，与世不殊。黄金为屋瓦，白玉作门枢。屏开玳瑁甲，槛砌珊瑚珠。（第六十回）

总之就是珠光宝气，富丽堂皇。万圣龙王只是一个碧波潭里的小龙王，哪来这么大的家业呢？这应该是因为他社会活动力比较强，路子比较野，有很多财路。书里说孙悟空为了借芭蕉扇，曾经跟踪过牛魔王。牛魔王当时就是去碧波潭赴宴，结果孙悟空趁机偷走了他的坐骑辟水金睛兽，还变化成他的样子，去找铁扇公主骗芭蕉扇。请注意，牛魔王可是很有能力的妖王，居然也给万圣龙王面子。可见万圣龙王虽然社会地位不算高，但在地方上很吃得开，说白了就是称霸一方的土财主。这种"富而不贵"的家庭状况，在今天也很多。

万圣公主在这样的家庭长大，造成了她的阶层焦虑。为什么这么说呢？因为她既然富而不贵，那就向往富贵双全。所以，她一直在追求所谓上流社会的生活，这是她最大的心魔。

这就引出了第二个问题：家庭的娇惯造成的执行力缺失。

并不是说家里有钱，父母就一定会娇惯女儿。但万圣公主很明显是被父亲娇惯的，父亲甚至找女婿都要招赘，不让女儿受委屈。估计九头虫作为龙王赘婿，也很识趣，平时也把万圣公主娇惯得不行。这导致万圣公主虽然向往所谓上流社会，但缺乏行动力和执行力。

在《西游记》的世界里，所谓上流社会就是天庭和灵山这两个单位；要跻身这两个单位，那可不是简单的事情。比如猪八戒，看上去已经够懒惰了，但当初他本是凡人，也曾下大力气苦修，才成为掌管天河水军的天蓬元帅。书里第十九回说他是：

> 有缘立地拜为师，指示天关并地阙。
>
> 得传九转大还丹，工夫昼夜无时辍。

好一个"工夫昼夜无时辍"，原来猪八戒也曾经奋斗过。但万圣公主显然缺乏这种执行力。你要她吃苦上进，估计她最多坚持两天就不行了，就哭着要去找父王了。向往上流社会，但又没有执行力去跻身其中，就会产生一种行为：跳过跻身上流社会所需的艰苦奋斗，直接模仿上流社会的生活方式。这种人赞美并痴迷的学问是：如何端茶，如何品酒；牛排怎么切，嘴角怎么擦；微笑时嘴唇的弧度，干杯时酒杯倾斜的角度……今天有人开各种贵族培训班，其实就是赚万圣公主这种人的钱。

万圣公主想要模仿上流社会，所以会支持父亲和老公偷祭赛国的佛宝舍利子；她自己甚至还跑上天去偷王母娘娘的灵芝草，说是用来温养佛宝。我们可以想象，万圣公主把舍利子放在床头，旁边放着灵芝草，相映生辉——那一刻她一定面露满足的微笑，好比有些人学了一些所谓的贵族餐桌礼仪，一种阶层跃升的满足感就在心中油然而生。

最后是第三个问题：父亲心术不正造成的扭曲择偶观。万圣公主是被父亲保护长大的，父亲在他眼中是强大和无所不能的。这会使她在择偶的时候不自觉地选择和父亲相似的男人。但悲剧的是，她的父亲虽然路子野、有本事，但心术不正。只是在万圣公主眼中，心术不正，也成了"有本事"的一部分。她选择的丈夫也是这样，强大，但缺乏正直的品格。

而且，这两个男人都会为了满足万圣公主模仿上流社会的贪欲，而做事不择手段。因此，她的父亲万圣龙王和丈夫九头虫，才会一拍即合，去偷佛宝舍利。结果引来了孙悟空和猪八戒，甚至连二郎神也来助战。最终，碧波潭被铲平，万圣龙王一家几乎被灭门，只剩下万圣公主的母亲，被铁锁穿了琵琶骨，穿在金光寺塔的塔心柱上。孙悟空甚至还说，金光寺名字不好，金乃流动之物，光乃闪烁之气，都不得长久，不如改成伏龙寺。你看，万圣龙王一家几乎被灭门的事情，还就此被记录了下来。杀人，还要诛心，真狠哪！

可以说，万圣公主招赘九头虫，加速了这个家族的崩塌。更讽刺的是，在他们几乎被灭门的时刻，万圣公主所向往的上流社会，无论是天庭和灵山，都不闻不问，甚至可能暗自叫好。

这就是万圣公主悲剧的来源。古往今来有无数作品都在书写这样的悲剧，比如《红与黑》，比如《包法利夫人》。这样的悲剧即使在今天，也难免发生，希望今后能少一点儿吧。

47

小白龙到底为什么被贬鹰愁涧？

《西游记》里面有个重要的配角小白龙，就是唐僧骑的那匹白龙马。小白龙原来是西海龙王的三太子，犯了错误，被贬到鹰愁涧。唐僧路过鹰愁涧，小白龙一口吞掉了他的白马，引得孙悟空和小白龙一场大战。后来小白龙因观音菩萨点化，变成了白龙马，为唐僧取经立下了字面意思上的"汗马功劳"。

这里面有一个问题，小白龙好端端的一个龙王三太子，为什么会被贬？原著里面说，原因是他烧毁了龙宫大殿上的明珠。

这个故事里面有很多疑点。小白龙为什么要烧自家宫殿上的明珠？烧了就烧了吧，这算是什么大罪吗？西海龙王又为什么要为这么点儿事，去跟玉帝告状呢？原著这一块写得云山雾罩，所以电视剧《西游记》为了自圆其说，就增加了一处改编，说小白龙和万圣公主的新婚之夜，小白龙撞见万圣公主和九头虫偷情，怒火中烧，就放了把火，把明珠给烧了。

这个改编，算是把这个疑点给圆了回来。但原著毕竟没这么写，我们还是要深入原著去分析，小白龙到底因为什么被贬？

这里我先说结论：小白龙被贬，和烧毁明珠没啥关系，他其实是权力的牺牲品。

观音菩萨当年去东土大唐物色取经人，半路听到小白龙在求救。观音就问他为什么在这？小白龙说："我是西海龙王敖闰之子。因纵火烧了殿上明珠，我父王表奏天庭，告了忤逆。玉帝把我吊在空中，打了三百，不日遭诛。望菩萨搭救，搭救。"（第八回）

这里小白龙明说了自己的罪名是"忤逆"。烧了一颗珠子，怎么就忤逆了呢？最大的可能性是，珠子只是个隐晦的说法，小白龙其实是纵火烧了龙宫大殿，而且这一点龙王和玉帝都心知肚明，所以龙王向玉帝告发小白龙忤逆，玉帝就判了小白龙死刑。

古代有"十恶不赦"的说法，就是说有十条重罪肯定是死罪。这是隋朝定下的，其中第二条罪名是谋大逆，犯罪行为是毁坏宫殿和陵墓。玉帝要处死小白龙的罪名，多半也是这一条。那现在问题进一步集中了：小白龙为什么要放火烧毁自家宫殿呢？

这要从小白龙的家族说起。请注意，小白龙经常被称为龙王三太子，原著里面叫"玉龙三太子"。这个"三太子"的叫法很奇怪，太子就是王储，王储只有一个，难道还有大太子、二太子、三太子吗？其实，这是神魔小说的习惯，把天王或者龙王的嫡子都称为太子。比如托塔李天王的三儿子哪吒，也叫哪吒三太子。小白龙是三太子，那他有没有哥哥？原著里出现了大太子，叫摩昂，但没有出现二太子，有可能是因为二儿子是庶出，不能称作"太子"。这么看来，西海龙王家里，大太子摩昂、三太子小白龙，都是嫡子；然后小白龙放火烧掉了自家宫殿，有没有闻到一丝权力斗争的气息呢？

这一点还有别的细节印证。小白龙的大哥太子摩昂，在原著里曾经帮忙捉拿过他自己的表弟——黑水河的小鼍（tuó）龙。

小鼍龙是泾河龙王的儿子、西海龙王的外甥。泾河龙王当年因为篡改下雨的时辰、点数被处斩，后来小鼍龙的母亲也去世了，小鼍龙就跟着舅舅西海龙王生活，再后来占据黑水河自立门户。唐僧师徒过黑水河时，他变化成船夫，把唐僧抓走了。孙悟空就找来摩昂太子，去捉拿小鼍龙。

这段故事有很多细节，摩昂来到黑水河时派头很大，打出了一面旗，上面写着"西海储君摩昂小帅"。请注意，这非常不合常理。就算是太子储君，也没必要写在旗帜上亮出来吧？古往今来，有哪个太子会这么干？原著里就连小鼍龙都说了一句"这表兄却也狂妄"。那摩昂为什么要这么干？这面旗帜是打给谁看的？这里固然有威慑小鼍龙的成分，但更重要的是，当时是要帮取经团队的忙，小白龙可能也在场。摩昂的这面大旗，很可能是打给亲弟弟白龙马看的：你看清楚了，我是西海储君；你现在只是别人的坐骑，不要再有非分之想。这是炫耀，也是警告。

摩昂太子是一个什么样的人呢？从原著看，他并非冷酷无情。至少在处置表弟小鼍龙的问题上，他其实显示了骨肉亲情。当时摩昂受孙悟空所托，去黑水河捉拿表弟。捉到了以后，他的任务就是把表弟平安带回西海，当成自家家事来解决。但他又必须得给孙悟空一个交代，因为事主是孙悟空，而且这位爷也确实惹不起。我们来看一下摩昂的表演。

摩昂抓到了小鼍龙，用铁索绑了他手，扔到孙悟空面前："抓住这厮了，请大圣定夺。"（人我带来了，给你面子了。但这可是我表弟，怎么定夺你自己掂量。）

孙悟空这时早已磨炼得人情练达，自然识趣："你这个小鼍龙，怎么敢抓我师父。我本来应该打你一棒教训你一下，怎奈我这棒子重，打一下你就没命了。你把我师父藏哪儿啦？"（看在你表哥的面子上，我骂你两句就行了，就不打你了。你把我师父交出来就行。）

小鼍龙这时还想玩心眼，让孙悟空把他的手松开，好让他去把唐僧放了。

摩昂见情形不对：你小子不知天高地厚，孙大圣面前还想玩心眼！赶紧骂一顿："大圣不要信他，这厮狡猾成性，千万别放了他。"（这表弟万一再搞点儿花样，就怕我也保不住他了，不能节外生枝。）

这时沙和尚插话，说他知道师父关在哪儿（沙僧当时跟唐僧关在一起），他去把师父救出来。

等唐僧被救出来，摩昂赶紧借坡下驴："现在事情解决了，小鼍龙这熊孩子我就带回去了，我回家一定好好教训他。走了啊大圣，回头见啊！"（惹祸的孩子赶紧带回家，别在外面给人打了。）

孙悟空说话也很到位："好啊，那下次见到你爹西海龙王我再当面道谢啊！"（皆大欢喜，多好！）

你看，摩昂太子对待表弟小鼍龙，是极力维护的态度。但这一切发生的时候，他的亲弟弟小白龙就在旁边，他是怎么做的呢？

说起来令人心寒，摩昂全程没有跟亲弟弟说一句话。他甚至都没跟孙悟空说几句"我弟弟在你们单位，麻烦多照顾一下"之类的客套话。这说明什么？摩昂和小白龙的关系极度紧张，到了见面都不说话的程度。

亲兄弟为什么会关系紧张？联想起当年白龙马烧毁殿上明珠、被告忤逆的事情，我们不难做出一个推断：摩昂和小白龙曾经争夺过储君之位，而且还很激烈，连龙宫都被点火烧着了。小白龙最后失败，成了父亲西海龙王的弃子。西海龙王为了西海的稳定，甚至不惜上告天庭，要玉帝定小白龙死罪，清理门户。还好小白龙后来被观音菩萨救下，走上了西行取经的路。所以，小白龙最后修成正果，成了八部天龙广力菩萨，恢复龙身，盘旋在大雷音寺的华表柱上，再也不想回归西海那个冷酷无情的地方了。

《西游记》完成于明朝，用隐微写作的手法，隐藏了一段龙宫夺嫡的故事，这其实也和明朝的历史有关。明朝因为朱棣开了一个藩王夺位的头，后面经常出现藩王作乱。朱棣的儿子朱高煦，被封为汉王，也曾起兵谋反。甚至到了明朝中期，还出了宁王朱宸濠谋反的事，好在最后被王阳明平定了。所以，摩昂和小白龙兄弟的夺嫡之争，其实也是当时现实的缩影。

48

凤仙郡三年不下雨，背后是一场权力博弈？

《西游记》里有个凤仙郡，郡守因为跟老婆吵架，一怒之下推倒供桌，把供奉上天的供品拿去喂狗。那天玉皇大帝正好下界视察工作，看到这一幕，顿时气坏了，回去就让凤仙郡三年没下雨。

这件事表面上看，一是凤仙郡郡守做事太冲动，二是玉帝太小家子气。不过，其实没那么简单，它背后其实隐藏着玉帝和如来的一场权力博弈，博弈的焦点就是凤仙郡。下面我分四点来讲。

第一，玉皇大帝的地位和立场。

在中国神话体系中，玉皇大帝是道教的大天尊。而在宋真宗封禅泰山以后，玉皇大帝就成为道教的最高神。关于这一点，前文有详细介绍，这里不再重复。而在民间信仰中，玉皇大帝就是天上的皇帝、三界的共主。对于这一点，佛教的态度是：你拜你的玉帝，我拜我的佛祖，井水不犯河水。

但在《西游记》中，佛、道两教熔于一炉，这就牵扯到一个问题：玉帝和如来，到底谁的地位更高？

原著的处理是比较模糊的。可以看出，玉帝仍然是三界之主，名义上如来佛祖也须听命于玉帝。当年佛祖镇压了孙悟空之后，玉帝向如来道谢，如来的原话是："老僧承大天尊宣命来此，有何法力？"你看，如来表示他是听从了玉帝的"宣命"，可见他自认地位比玉帝要低。但是，玉帝麻烦如来办事，还得用一个"请"字；如来办完了事，玉帝还得安排龙肝凤髓、玉液蟠桃，"请如来高坐七宝灵台"，宴请还礼。这完全不像是君王和臣下的关系。所以，玉帝和如来的关系很是微妙：如来承认玉帝的地位，但玉帝也管不了如来的事情；双方既有合作，也有竞争。

第二，凤仙郡的地理位置。

原著里说得明白，凤仙郡位于天竺国国界上。天竺国在《西游记》里是佛家的地盘，但凤仙郡可能因为远在边境，所以并没有信奉佛家的迹象。事实上，唐僧师徒之前路过的几个国家，信仰都很模糊。比如到凤仙郡之前经过的灭法国，灭法国要杀一万个和尚，显然不信佛，但也没说信道。灭法国再往前有一个比丘国，虽然"比丘"是佛家词汇，但比丘国的所谓国丈（怂恿国王拿小孩子的心脏做药引的那位），是南极仙翁养的梅花鹿。南极仙翁是道教神仙，比丘国其实也有道教渗透的痕迹。天竺国的外围地区，是佛、道两家势力范围之间的缓冲区。凤仙郡也是这样，既不信佛，也不信道。郡守供奉上天，并不等于供奉玉帝。"祭天"在古代本是一种原始信仰。

五庄观的镇元子心高气傲，只在庄中供奉天地，这个"天"也显然不等于玉帝。总之，凤仙郡虽然靠近如来的大本营天竺国，但信仰模糊，属于佛、道两家之间的缓冲地带。

第三，玉帝向凤仙郡发难的原因。

玉帝下界视察，为什么会注意到凤仙郡的事情？因为凤仙郡是一片缓冲地带，玉帝需要去看一下，当地有没有什么异常动向。结果他恰好看到，凤仙郡郡守在那里拿供品喂狗。玉帝一下子找到了把柄，以此为借口，在佛家势力的外围，对凤仙郡发动一次经济制裁。

凤仙郡三年不下雨，情况很惨。原著里面说是："一连三载遇干荒，草子不生绝五谷。大小人家买卖难，十门九户俱啼哭。三停饿死二停人，一停还似风中烛。"（第八十七回）玉帝在佛家的外围地带制裁凤仙郡，也是在试探佛家的反应：我今天就是要整凤仙郡，看看你们有没有什么意见。如来佛祖很有战略定力，没有任何表示，避免和天庭发生正面冲突。这真是像极了今天的大国博弈。

第四，凤仙郡制裁的解除方式。

有个情节大家可能印象很深，玉帝在披香殿立下三事：十丈高的米山、二十丈高的面山，还有一把黄金大锁，锁梃有手指头粗细。要等鸡吃光米山、狗舔光面山、油灯烧断锁梃，凤仙郡才能下雨。这里其实讽刺意味很强。凤仙郡三年不下雨，百姓饿死三分之二，玉帝却拿着米山、面山在搞制裁。

孙悟空后来问四大天师，有没有什么办法可以解除制裁。

四大天师说得也很模糊，说要劝凤仙郡郡守"归善"。只要他有一念善慈，惊动上天，那米山、面山即时就倒，锁梃即时就断。至于什么叫"归善"，四大天师没有明说。孙悟空心领神会，回去跟郡守说，所谓归善，就是"趁早儿看佛念经"。郡守说"好好好"，马上让城里城外大家小户，不论男女人等，都要烧香念佛。于是孙悟空又回到天庭去找玉帝。这个地方作者写得很妙：孙悟空遇到护国天王，天王说没事，不用找玉帝了，这个事直接去九天应元府，找雷神先去打雷吧。

为什么要先打雷呢？因为解除制裁也有讲究，不能一下子解除，要一点儿一点儿解除——这样对方才能感受深刻，才会感恩戴德。凤仙郡官民听到雷声，都跪下念"南无阿弥陀佛"。玉帝这时候才问："那三件事怎么样了？"收到回话说，米山、面山都倒了，锁梃也断了。于是玉帝就让众神去给凤仙郡降雨。大旱三年的凤仙郡，终于赢来了甘霖。

这里有个地方很奇怪，玉帝和如来既然关系微妙，为什么要把凤仙郡推到佛家那边呢？这其实就是政治家的算计：玉帝的最终目的，是要在佛家的势力范围边缘显示存在感，而不是把凤仙郡彻底拿下。凤仙郡距离灵山太近，迟早是如来的地盘，不可能被玉帝收编。拿下凤仙郡，成本太高，意义不大。好比战国时期的魏国，苦战三年攻下中山国，结果因为中山国距离魏国太远，最后还是让中山国复了国。而且中山国的最后结局是化入了距离较近的赵国。所以，玉帝在凤仙郡显示了存在感，让灵山心存忌惮，目的也就达到了。如果凤仙郡最后信奉了佛家，就当是做个顺水人情。毕竟玉帝是三界之主，对佛家要表示出包容。更何况凤仙郡的人口也只剩下三分之一了，而且半死不活如同风中残烛，送给如来又能怎么样呢？

凤仙郡的故事，显示了玉帝作为天上统治者的冷酷。其实何止是天上，人间的统治者又何尝不是如此？凤仙郡大旱三年，百姓饿死三分之二，凤仙郡郡守家里却是余粮充足。唐僧师徒在他家吃饭，他居然还能把猪八戒给喂饱。原著说是：

> 那八戒放量吞餐，如同饿虎。唬得那些捧盘的心惊胆战，一往一来，添汤添饭，就如走马灯儿一般，刚刚供上，直吃得饱满方休。（第八十七回）

请问凤仙郡郡守家里的存粮，都是从何处来？这真是应了《水浒传》中那首诗："赤日炎炎似火烧，野田禾稻半枯焦。农夫心中如汤煮，公子王孙把扇摇。"

49

朱紫国国王，是渣男还是情圣？

高段位的渣男[1]，往往以情圣的面目出现。

《西游记》里有一个朱紫国，如果你没印象了，我就给点儿线索帮你回忆一下。唐僧师徒刚到朱紫国，就听说国王已经病了三年，还张榜求医。结果孙悟空揭了榜，说自己能帮国王把病给治好。然后孙悟空说，国王这病叫作"双鸟失群"之症，就是因为跟爱人分别，惊恐忧思，所以生病。国王表示没错，请孙悟空用药。痊愈后，国王说，他的王后金圣宫娘娘，三年前被妖怪给捉走了。于是孙悟空就赶走妖怪，救回王后，让他们团聚，皆大欢喜。

这个故事里的朱紫国国王，给人的感觉是一个温柔的情圣。电视剧《西游记》里，出演国王的也是一个温柔的大帅哥。但事实真的是这样吗？下面我就来帮大家擦亮双眼，揭开他的真面目。

---

1 高段位的渣男：网络用语，意为很会玩弄对方感情的男人。

高段位渣男一般都有以下几个特点。

第一个特点：把自私、凉薄伪装成无可奈何。

当初王后为什么会被妖怪捉走？书里说得明白，那是三年前的端午节，国王当时和王后、妃嫔们一起在御花园的亭子里饮酒作乐，忽然空中出现一个妖怪，逼国王献出金圣宫王后，否则就要先吃国王，后吃大臣，再吃全国百姓。当时国王迫于无奈，就亲手把王后推出亭外，让妖怪带走了。注意，这里小说原文就是用了一个"推"字，而且不是让别人去推，是自己亲手推。

国王还说自己这么做，是因为忧国忧民。你可能会说，怎么不是呢？也许人家真的是这样，舍小家顾大家呢？那我再讲一处细节。国王还说，那妖怪后来还常来索要宫女。每次来的时候，他就去避妖楼躲避。孙悟空好奇心重，就让国王带他去避妖楼看看。原著第六十九回里是这么写的：

> 只见两个太监，拿两根红漆扛子，往那空地上搁起一块四方石板。国王道："此间便是。这底下有三丈多深，挖成的九间朝殿，内有四个大缸，缸内满注清油，点着灯火，昼夜不息。寡人听得风响，就入里边躲避，外面着人盖上石板。"

这哪是什么楼啊！国王原来是在御花园里挖了个地下防空洞。原著里说每次妖怪来，他就带着妃嫔们躲进去。注意，

227

他带的是妃嫔，没带大臣，也没带百姓。要是妖怪找不到他，狂性大发，要杀大臣百姓，那咋办呢？国王估计只能手一摊：那我也没辙啊！你看，他心中何时有过大臣，有过百姓？！当初狠心把王后推出去，也只是为了保全自己。这就叫自私、凉薄，但他一定会伪装成无可奈何。

我们再说第二个特点：把自责、愧疚包装成文艺情怀。

注意，这是高段位渣男最有迷惑性的一点。朱紫国国王的病，一大半是物理原因造成的，一小半是心理原因造成的。物理原因，是当初被妖怪吓得积食了，一块粽子留在胃里排不出来。这个孙悟空一服药就治好了，药理也很简单，书里说主要用了大黄和巴豆——这两样都是泻药；还放了白龙马的尿——这个是催吐的。国王上吐下泻，粽子排出来了，人立马就能下床了，而且精神抖擞，脚力强健。这说明，物理的病占了一大半。

但要说心病，也确实有。孙悟空确实通过诊脉，断定他是"双鸟失群"之症，思念王后。但是请注意，这种事不能只看心理，还要看行动。朱紫国国王有没有实际行动呢？也不是没有。他曾经派"夜不收"（密探）军马去打探方位，探得那妖怪所在位置在朱紫国南方三千多里。但也就仅此而已，他从没试过率军打败妖怪，夺回王后。而且他都已经张榜求医给自己治病了，也没想要张榜求几个勇士来帮自己抢回老婆。这是因为什么？因为他怕啊！他最后只想保全自己就行，然后把对王后的自责、愧疚，包装成一种文艺情怀，表示自己对皇后日思夜想，甚至因此久病不起。

请注意，渣男甚至会因为这种情怀而自我陶醉，为自己缺乏行动力而自我开脱。最典型的莫过于话剧《雷雨》中的周朴园。周朴园误以为梅侍萍投河而死，为了表示怀念，他把梅侍萍用过的家具，甚至是梅侍萍怀孕时不能开窗的习惯都保留了下来，还给长子取名为周萍——但梅侍萍明明是他亲手赶出家门的。当梅侍萍成为鲁侍萍，重新出现在他面前的时候，他的反应却是：

"你怎么来了？""谁指使你来的？"

这就叫把自责、愧疚包装成文艺情怀。真正爱一个人，应该是什么样的？我们来看《西游记》中宝象国国王听说女儿被黄袍怪掳走时的反应：

国王哭之许久，便问两班文武："哪个敢兴兵领将，与寡人捉获妖魔，救我百花公主？"（第二十九回）

你看，这才是爱一个人应有的反应。

最后是第三个特点：重得失，轻许诺。

高段位渣男都有一个特点：张口就给承诺，让你觉得他很深情。比如孙悟空说自己能帮国王救回王后，国王扑通一声就跪下了，说："神僧你要真能做到，我就带着三宫九嫔出城为民，把江山送给你了。"估计很多女性朋友看到这里，都会鼓掌：哎呀，真是个痴情男子！但我们还是得看行动。等孙悟空真的救回了王后，国王也就是请唐僧师徒吃了顿好的，只字不提江山的事了。这种随口许诺、从不兑现的男人，你觉得能信吗？

而且，这种男人对利益得失，看得特别重。书里说王后出宫三年，那妖怪都不能近她的身，因为紫阳真人送给王后一件衣服，穿上了浑身长毒刺。王后回宫以后，国王摸她的手，也被毒刺蜇到了。这时候，紫阳真人才出现，收回了那件衣服。请注意，紫阳真人为啥专挑这个时候出现？因为他算准了，要让国王亲自体验一把，他才会相信王后真的没被妖怪近身。否则国王要是不信，估计以后对王后的态度也就难说了。

所以，朱紫国国王，看似深情，其实凉薄。借用一个流行词，这种人叫"甘蔗男"：第一口很甜，然后越吃越渣。所以，现实中一定要注意辨别这种人。

50

观音菩萨为什么是人力资源管理的典范?

　　《西游记》里面的观音菩萨，其实有一个隐藏身份，她是灵山集团的人力资源总监，重点对接唐僧取经团队。

　　为什么呢? 你想，取经团队里面那几个人，甚至包括那匹马，都是谁招进来的? 观音菩萨。唐僧管不住孙悟空了（团队内部出现危机），是谁教了唐僧专治孙悟空的紧箍咒呢? 还是观音菩萨。观音菩萨干的事，就是人力资源总监干的事。那她干得好不好呢? 当然好，唐僧团队四人加一马，圆满完成了取经任务。那观音的人力资源管理，高明在哪里呢?

　　观音高明的第一点，是领会高层的战略意图。

　　唐僧取经这个项目为什么要上马? 作为灵山集团老总的如来佛祖其实有两个战略意图：表面意图是要占领新市场，让佛经东传；隐藏意图是要培养后备干部，也就是自己的爱徒金蝉子。金蝉子就是唐僧的前世，因为听如来讲课不专心，就被贬人间。现在如来想用这个项目重新培养金蝉子，让他回归集团。

　　观音对这两个意图，都是充分领会的。所以她在搭建取经团队之前，先做了一件事：变成一个老和尚，去东土大唐宣扬灵山的企业文化，让唐僧自愿加入并领导取经项目。注意，这件事的关键在"自愿"。因为灵山集团是《西游记》世界的头部企业，如果低声下气去劝说唐僧，那就丢份儿了。我们来看观音菩萨的表现：

第一步，造势。观音初到大唐，就亮出了两样宝物：锦襕异宝袈裟一件，九环锡杖一条。这两样东西都赠予了唐太宗，唐太宗又转赠给玄奘法师。这个起手就很漂亮，给大唐的人尤其是一把手唐太宗留下了深刻印象。放到今天，就类似于某些头部企业贴出海报：凡是来听宣讲会的，先送名牌手机一台！企业形象一下就树立起来了。

第二步，宣讲。观音菩萨专挑玄奘开坛说法的时候，跑去搅场子。玄奘正在说法，观音菩萨上去问："你只会讲小乘教法，可会讲大乘教法吗？"玄奘一听，自己先是起了好奇心："不知大乘教法如何？"观音菩萨开始了一段非常精彩的宣讲：

> 你这小乘教法，度不得亡者超升，只可浑俗和光而已；我有大乘佛法三藏，能超亡者升天，能度难人脱苦，能修无量寿身，能作无来无去。（第十二回）

这段话很有语言势能。你们的产品只能……，我们的产品能……，能……，能……，还能……。总之就一个词：碾压。

第三步，发邀请。唐太宗听到观音的宣讲，也来了兴趣，请观音上台说法。观音这时的表现简直令人叫绝。她并没有真的上台——头部企业，宣讲一次足矣，还要喋喋不休反复讲？丢人！观音索性直接现出真身，唬得唐太宗等人望风下拜。观音菩萨飞升而去，却从半空中扔下一张纸，上面写着：

礼上大唐君，西方有妙文。程途十万八千里，大乘进殷勤。此经回上国，能超鬼出群。若有肯去者，求正果金身。（第十二回）

翻译一下，意思是说：西天有正经，距此十万八千里。如果有人能去西天取经，可得正果金身。

这个工作邀请，没有写明对象，但显然是发给玄奘的。观音菩萨也算准了，来取经的一定是玄奘。为什么呢？一是她观察发现，送给唐太宗的袈裟、锡杖，都出现在玄奘身上。二是她在法会上，已经吸引了玄奘对大乘教法的兴趣。所以，观音菩萨从头到尾没有直接劝说玄奘，但成功让玄奘自愿成为取经人。

这件事一举两得，一是给占领东土市场做了宣传准备，二是招到了团队带头人——而且这个带头人就是集团老总想要培养的对象。不得不说，观音真是高明。

观音高明的第二点，是塑造团队文化。

唐僧取经团队是临时拼凑起来的，但却具有非常鲜明的企业文化，那就是不得真经，誓不回还。这种文化是观音塑造出来的。因为她给取经团队招来的人，都具有强烈的自驱力。

孙悟空，压在五行山下五百年，属于"刑满释放"人员，急于回归社会。猪八戒和沙和尚，是因为生活作风或工作责任问题被一撸到底的企业高层，被迫在五线城市开了个小微企业，急于找回以前在大厂做高层的感觉。白龙马，属于有家族企业的上流人士，因为违法遭到整治，也急于重新做人。

所以，自驱力就是取经团队的核心文化，没有这种自驱力，十万八千里路、九九八十一难，那是熬不下来的。

观音高明的第三点，是善于设计团队分工。

取经团队里面，唐僧的带头人地位是佛祖钦定的，这个不用多说。孙悟空是团队骨干，业务能力强。猪八戒是团队黏合剂，擅长安排团建项目，搞活团队气氛。沙和尚是团队实干派，还负责团队后勤工作。白龙马，负责团队领导的出行工作。

总之，这个各有分工的团队，是观音一手搭建起来的，精诚合作，最终完成了艰巨的取经任务。

观音高明的第四点，是善于给团队精准赋能。

唐僧作为团队带头人，管不住孙悟空了，观音就送去紧箍咒。孙悟空是业务骨干，经常要负责大项目，观音就送给他高效的业务工具：三根救命毫毛。对于猪八戒，观音早在他投身唐僧团队之前，就帮他受了戒行，断了五荤三厌。因为猪八戒食肠宽大，饮食上容易破戒，所以观音早早给他授戒，为他融入唐僧团队提前做好了准备。对于沙和尚，观音则帮他把脖子上悬挂的九颗骷髅头变成法船，搭载唐僧过河。过河之后，九颗骷髅头化作阴风，消失不见，只留下九颗佛珠。这其实是在帮沙和尚消除业障。沙和尚的九颗骷髅头，本是九世取经人；只有消除了业障和戾气，沙和尚才能真正融入团队。

这就叫精准赋能。

观音高明的第五点，是及时记录和考核员工绩效。

《西游记》里有这样一处情节，唐僧师徒把真经取走以后，观音让途中暗中保护唐僧的各路神仙统计一下，唐僧师徒一路历经了多少磨难。诸神立刻如数家珍，把唐僧师徒历经的磨难都列举了出来，最后发现才八十难，距离九九八十一难还少一难。于是，观音就又给唐僧师徒加上了通天河落水这最后一难。这说明，观音非常重视对于团队绩效的跟踪记录，而且严格考核。

观音高明的第六点，也是最难得的一点，是熟悉并配合公司业务。

很多人力资源从业者只熟悉人事业务，但不熟悉公司业务，这肯定是不够的。观音虽然是人力资源总监，但她经常可以帮取经团队解决业务难题。比如取经之路上，黑熊精、红孩儿、灵感大王这些妖怪，都是观音出手降服的。在五庄观，孙悟空推倒人参果树，惹恼了镇元大仙，最后也是观音出手，让人参果树复活，帮取经团队维护了外部关系。

所以，观音可以说既懂人事，又懂业务。这样的人力资源总监，应该是所有人力资源从业者的榜样。

优秀且善良的铁扇公主，为什么婚姻不幸福？

　　《西游记》里有个铁扇公主，老公是牛魔王，大家应该都有印象。铁扇公主的感情生活，那是有点儿问题的。她刚出场的时候，就独守空房。她老公牛魔王在哪儿呢？在玉面公主家里鬼混。她儿子红孩儿之前在外面做"古惑仔"，后来被观音菩萨收走，当了善财童子。总之，老公、孩子都不在身边，生活不太幸福。

　　铁扇公主为什么婚姻不幸福，是因为她自己不够优秀吗？那当然不是。

　　《西游记》里牛魔王说过这么一句："我山妻自幼修持，也是个得道的女仙。"（第六十回）所以铁扇公主在《西游记》里又被称为铁扇仙。用今天的话说，铁扇公主是一个靠读书出人头地的高知女性。她的身份定位也很明确——气象科学家，而且掌握核心科技。书里说得很清楚，铁扇公主那把芭蕉扇，一扇熄火，二扇生风，三扇下雨，于是火焰山地区的农民才能丰收。

而且，铁扇公主的人品似乎也不错。《西游记》里还有几个妖怪也能控制天气，但都要收保护费。比如通天河的灵感大王，要吃童男童女；金平府的三个犀牛精，每年要收一千五百斤的酥合香油；车迟国的三个国师，更是会迷惑君王，图谋江山。铁扇公主索要过什么东西没有？书里说得明白，当地农民每十年才去拜求一次，送的是"四猪四羊，花红表里，异香时果，鸡鹅美酒"。这些东西，相对来讲并不特别值钱，也就是一份心意。

这样来看，铁扇公主的人物画像也就出来了：一个高知女性，钻研气象科技，有自主知识产权，为当地人民服务，群众关系也搞得不错。

这样一位优秀的女性，为什么生活不幸福？原因很简单，也很残酷：铁扇公主在经济上并不独立。

可能因为受电视剧《西游记》的影响，我们印象中的铁扇公主，是一个很飒爽的女强人。其实在原著里面，她活得很憋屈。老公抛下她去跟玉面公主厮混；孙悟空为了骗芭蕉扇，变化成牛魔王，来敲她的门。照理说，见到总是不回家的老公，第一反应应该是上去教训他一顿才对。可铁扇公主是什么反应，她说："大王宠幸新婚，抛撇奴家，今日是哪阵风儿吹你来的？"一副楚楚可怜的模样。

她甚至还主动给假牛魔王敬酒："大王，燕尔新婚，千万莫忘结发，且吃一杯乡中之水。"假牛魔王说，他一直住外面，多亏铁扇公主守护家门，他喝了这杯酒，就当酬谢吧。你听这话，多气人！你猜铁扇公主怎么回答？她说："自古道：'妻者，齐也。'夫乃养身之父，讲什么谢。"也就是说："老公你就相当于养我的爸爸，还跟我说什么谢呢？"她竟低眉顺眼到了如此地步。

铁扇公主为啥这么憋屈，她自己也说了，"夫乃养身之父"——是牛魔王在养她。其实又何止是老公在养她，就连老公的相好也在养她。牛魔王为什么娶玉面公主？除了好色，还因为玉面公主家里有钱。书里说得明白，玉面公主的父亲死后留下万贯家财，无人掌管。牛魔王趁虚而入，入赘到玉面公主家，也就接收了她家的财产。

类似的策略，《金瓶梅》里的西门庆也经常用，也就是娶寡妇，占有寡妇的家产。形式不同，道理是类似的。按《金瓶梅》里的说法，西门庆是破落财主出身，家产原本也就大约一千两白银，连清河县的有钱人都算不上。他的发达，和两个寡妇有关。一个是孟玉楼，她原是南门外布铺的老板娘。布铺老板死后，西门庆就想方设法把孟玉楼娶到了手。孟玉楼带来的四季衣服就有四五箱，珠宝首饰不少，还有现银上千两，一下子让西门庆的财产增加了一倍多。另一个是李瓶儿，她原是梁中书的小妾。梁中书死后，她嫁给财主花子虚为妻。花子虚恰是西门庆的邻居。花子虚陷入家族纠纷，最后病死；西门庆使出浑身解数，又娶走了李瓶儿。这一下，梁中书和花子虚的巨额财产一下都落入西门庆手中，他一举成为清河县首富。

所以，牛魔王可谓是《西游记》中的"西门庆"，很有心计。看他那牛头牛脸的，也不知魅力何在。

玉面公主嫁给牛魔王为妾之后，还经常用家里的财产，去堵铁扇公主的嘴。书里说到，孙悟空曾经冒充铁扇公主派来的人，向玉面公主打听牛魔王的下落。玉面公主的反应是这样的：

> 这贱婢，着实无知！牛王自到我家，未及二载，也不知送了他（她）多少珠翠金银，绫罗缎匹；年供柴，月供米，自自在在受用，还不识羞，又来请他怎的！（第六十回）

意思就是说：我给铁扇公主送了那么多钱，甚至按月给她抚养费，她怎么好意思跟我抢男人！玉面公主的自信，不只是来自年轻和美貌，更多来自真金白银带来的豪横。

所以说，女性经济不独立，不但婚姻风险高，还容易底气不足。铁扇公主虽然有自主专利，但缺少商业化能力；想变个现吧，心理障碍还特别多，总觉得仗着手里的芭蕉扇来收钱有点儿不道德，最后只能收点儿四猪四羊、鸡鹅美酒之类的，而且十年才收一次。缺乏经营意识导致物资匮乏，最后只能靠老公甚至是老公的相好来养活——这是她憋屈的根本原因。

我也见到现实中不少女性高知朋友，梦想能有男人来提供物质生活，让自己安心追求精神世界。对此我要说，看看铁扇公主，那就是前车之鉴啊！

52

白骨精为什么不想跟唐僧处对象？

我读《西游记》，经常有一个感受：唐僧挺难的。倒不是说他的肉总被妖怪们惦记，这当然也挺难的，但更难的是，他总是被女妖精们诱惑。什么玉兔精、白鼠精、蝎子精，个个都是花容月貌，还主动倒贴。但里面也有例外，比如白骨精也是女妖精，就没想跟唐僧谈恋爱，只想吃唐僧肉。这到底是为什么呢？

有人说，这是因为白骨精是有夫之妇啊，她的大名就叫"白骨夫人"。孙悟空三打白骨精，最后真把她打死了，只见原型是一具白骨，脊梁骨上有四个字：白骨夫人。这不就说明白骨精有丈夫吗？

其实，这里的"夫人"并不是妻子的意思，而是古代对贵族女性的封号。唐玄宗的贵妃杨玉环，她的大姐就获封"韩国夫人"，三姐获封"虢国夫人"，八姐获封"秦国夫人"。这里的"夫人"都并不是指妻子，而是封号。

白骨精自称"白骨夫人"，是因为她以女王自居，觉得自称"夫人"比较威风，而不是因为她嫁了人，有丈夫。

那白骨精到底为什么不想跟唐僧有染，只想把唐僧吃掉呢？

我直接说答案：因为白骨精知道，自己和唐僧不是一个阶层的。她根本不稀罕去高攀唐僧那个阶层，她只想靠自己的本事，做一个强大的草根。或者说，白骨精不沉迷于恋爱，她是真正的事业型女性。

有人可能会问："你说《西游记》，扯阶层干啥？"注意，《西游记》是一部非常现实的小说，里面说的是神话，也是现实。

唐僧是个有背景的人，论前世，他是如来佛祖的高徒金蝉子；论今生，他是唐太宗亲自认证的大唐御弟。能够和唐僧搞点儿暧昧的女妖精，都是有背景的。比如玉兔精，那是天上嫦娥养的宠物。再比如白鼠精，那也是灵山跑出来的精灵，还是托塔李天王的干女儿。这些女妖精都和唐僧属于一个阶层，所以才能和他勾勾搭搭。

就拿白鼠精来说吧，她把唐僧骗到自己的洞府，和唐僧坐在一起吃酒，唐僧还叫她"娘子"（虽然唐僧这里有迫不得已的成分）。当时孙悟空变成一只飞虫，就在旁边看戏，连孙悟空都感觉到不对了，在旁边暗中笑道："我师父被她这般哄诱，只怕一时动心。"

更可疑的还在后面。孙悟空后来变成桃子，故意被白鼠精吃了下去，然后在她肚子里胡闹，逼着白鼠精把唐僧送出洞府。白鼠精把唐僧送出去的时候，念了一首很奇怪的诗（第八十二回）：

> 夙世前缘系赤绳，鱼水相和两意浓。
> 不料鸳鸯今拆散，何期鸾凤又西东！
> 蓝桥水涨难成事，佛庙烟沉嘉会空。
> 着意一场今又别，何年与你再相逢！

这首诗的大意是说：我和你前世就有缘，当时也曾情深意浓。不料后来被棒打鸳鸯，你我只能各奔西东。好不容易我们今生重见，不料最后还是一场空。

这首诗里的"蓝桥水涨"还引用了一个典故，这个典故可以追溯至《庄子·盗跖》，说的是尾生和女子相约在梁下相会，但女子迟迟不来。恰逢河水涨潮，尾生又不愿意离去，最后抱柱而死。尾声抱柱的那座桥，在元代李直夫的杂剧《尾生期女淹蓝桥》里，就叫蓝桥。这个故事一般用来形容真挚但没有结果的爱情。费雯·丽主演的经典电影《魂断蓝桥》，其实英文片名叫"Waterloo Bridge"，直译也应该是"滑铁卢桥"，为什么翻译成"蓝桥"？就是因为《庄子》里的这个爱情故事。

白鼠精和唐僧前世怎么会有缘呢？因为唐僧前世是如来的高徒金蝉子，白鼠精原本在灵山偷吃过如来的香花宝烛，所以两人有前世的缘分。白鼠精和唐僧原本就是一个阶层的，才有产生爱情的机会。

那唐僧对那些草根阶层的女妖精，是个什么态度呢？书里恰好有一个反例，那就是蝎子精。蝎子精是女儿国的一只蝎子成精，没什么背景，是一个草根妖精。她把唐僧抓走，想要跟他成亲。唐僧全程冷脸，还跟蝎子精有一段很有意思的对话。书里是这么说的：

> 女怪道："我枕剩衾闲何不睡？"唐僧道："我头光服异怎相陪！"那个道："我愿作前朝柳翠翠。"这个道："贫僧不是月阇黎。"女怪道："我美若西施还袅娜。"唐僧道："我越王因此久埋尸。"女怪道："御弟，你记得'宁教花下死，做鬼也风流'？"唐僧道："我的真阳为至宝，怎肯轻与你这粉骷髅……"（第五十五回）

这里面有两个典故。第一个典故是《喻世明言》中的一个故事，说的是南宋临安府尹柳宣教因为到任时当地高僧玉通没来迎接，怀恨在心，让妓女吴红莲去勾引玉通，坏其修行。玉通一时把持不住，破了色戒。事后吴红莲告知真相，玉通又羞又悔，当即圆寂。玉通的肉身焚化后不久，柳宣教的夫人生下一女，取名翠翠——其实她正是玉通的转世，前来败坏柳家家风。柳翠翠成年以后，沦落风尘，玉通生前的好友月明和尚（月阇黎）知道前因后果，前去点化柳翠翠：前世今生的烟花债，可以了结了。柳翠翠当下顿悟，看破前世今生，于是坐在椅子上死去了。玉通的灵魂也得以解脱。这里其实有一处穿帮，即"前朝柳翠翠"：《西游记》作者从明朝的时间点去看南宋，自然是"前朝"，但忘了小说的时间设定是在唐朝。

另一个典故就比较简单了，越王勾践用西施设美人计，迷惑吴王夫差，助自己灭掉吴国。事成之后，西施反被越王装入麻袋，沉入江中（另一种说法是西施随范蠡泛舟五湖）。

蝎子精用柳翠翠的典故，其实是挑逗唐僧：你也快来点化我呀。唐僧却冷面冷心："我又不是月阇黎。"蝎子精又用西施的典故，说："你看我美不美啊？"唐僧这次的回应可以说是凶狠了："我越王当初可是把你直接给抛尸了！"

不难看出，唐僧对蝎子精那是来一句堵一句，甚至直接破口大骂她是"粉骷髅"，一点儿都不客气。为什么唐僧对白鼠精温柔，对蝎子精冷淡？这里面就有阶层差异的原因在了。

我们说回白骨精。白骨精是什么阶层？书里说得明白，她本是白虎岭上一具化为白骨的女尸，偶得天地之灵气，方才化作人形。你想啊，她生前就死在荒郊野外，大概也是个可怜人；死后变成了妖精，那也是妖精中的草根。她就算委曲求全，用热脸蛋去贴唐僧的冷屁股，唐僧又怎么会在意她的付出呢？

所以，白骨精是一个彻底放弃了恋爱的事业型女性。她虽然法力有限，但头脑清醒，智慧过人。虽然她没有实现吃唐僧肉的目标，但只是略施小计，就给取经团队造成了巨大的伤害：孙悟空被唐僧逐出师门，团队失去业务骨干，几乎崩溃。

你可能认为，白骨精不就是靠变化出来害人，有那么厉害吗？其实不然，白骨精的变化，背后有精心的设计和对人性的拿捏。因为她变化出的是一家三口，而且前后照应，环环相扣：先是小女子送饭，再是老母亲寻女，最后是老父亲寻找妻女。这种设计可以达到两个目的。一是使荒郊野外连续出现人类居民的现象变得合理，因为这是一家三口。二是不断撩拨唐僧的敏感神经，让他的负疚心理不断增强：先是看到小女子被打死，再是看到她的老母亲被打死，最后是她那孤苦无依的老父亲也被打死——是可忍，孰不可忍，泼猴你太过分了！这招环环相扣的"连环计"，最后迫使唐僧做出了放逐孙悟空的决定。细思之令人叫绝。

总之，白骨精坚持自己的信条：不做灰姑娘的梦，前途靠自己努力地挣；不走忍气吞声、投机取巧的路，略施小计就让唐僧师徒反目。从这个角度来说，白骨精真的可以说是现代事业型女性的典范。

53

黄袍怪真的爱老婆吗?

之前看到很多文章提起黄袍怪时说，黄袍怪是爱老婆的好男人。我不是说这些文章的观点不对，这里不是要争一个对错，而是要借黄袍怪这个例子，来帮大家辨别两种爱：一种是"爱你"，一种是"自以为爱你"。前者的本质是关心，后者的本质是占有。

可能有一些朋友对黄袍怪的故事已经记不清了，我来帮大家回忆一下。

黄袍怪本来是二十八宿之一的奎木狼，思凡下界为妖。他掳走了宝象国公主百花羞，和她做了十三年夫妻，还生了两个孩子。后来唐僧不小心被黄袍怪抓了，百花羞私自把唐僧放了，还托他去宝象国给国王，也就是她的父亲带信。唐僧到了宝象国，跟国王说：公主失踪十三年，原来是被妖怪抓了。国王就委托猪八戒和沙和尚去捉拿黄袍怪，救回女儿。为什么没有孙悟空？孙悟空因为三打白骨精的事，被唐僧赶走了，这会儿还在花果山呢！

结果猪八戒和沙和尚没打过黄袍怪，沙和尚还被抓了。黄袍怪变化成一个俊俏郎君，去宝象国跟国王认亲，说当年是他救了公主，公主自愿嫁给了他，唐僧才是妖怪。然后黄袍怪还用法术把唐僧变成了老虎。危急时刻，小白龙提醒猪八戒去花果山找回孙悟空。孙悟空在猪八戒智激之下，回来打败黄袍怪，救出了唐僧和沙和尚，还把百花羞公主送回了宝象国。

照理说这个故事里，百花羞是被强迫的，黄袍怪是个反面角色，但现在有很多朋友都说，黄袍怪是个爱老婆的好男人。这种说法主要有四个论据：

第一个论据，是说黄袍怪抓了唐僧，他知道吃了唐僧肉可以长生不老，但百花羞求他别吃唐僧，他就大方地一挥手说："我要吃人，哪里不能抓几个人吃吃？把唐僧放了吧。"于是有朋友说，黄袍怪为了老婆，连唐僧肉都可以不吃，这不是对老婆百依百顺吗？但你要搞清楚，黄袍怪本来就是二十八宿之一，位列仙班，根本不是一般妖怪。长生不老之类的，他早就不稀罕了，所以唐僧肉对他本就没什么诱惑力。拿这件事说他爱老婆，说服力是不够的。

第二个论据，是黄袍怪自己曾对百花羞说过："你穿的锦，戴的金，缺少东西我去寻。四时受用，每日情深。"看上去很体贴，但是百花羞是什么身份？人家本来是公主，从小就穿金戴银。还缺少东西你去寻，人家为什么现在会缺少东西？还不是因为被你扣下了吗？你扣下人家，导致人家缺东西，然后你再帮她找东西，还引以为豪。这个逻辑是不是有点儿问题啊？

第三个论据，是黄袍怪自己说，百花羞前世是天宫里披香殿的宫女，和他私订终身，约好一起下凡做夫妻。结果百花羞下凡以后，不记得前世的事了。这个故事看上去很有爱情的悲剧色彩，三生三世，缘定今生。不过请注意，这是黄袍怪单方面的说辞，百花羞前世到底有没有跟他私订终身，谁能做证？就算这事是真的，人家这辈子已经不记得上辈子的事了，而且还是个锦衣玉食的公主。你非要把人家抓到山洞里、过山顶洞人的生活，你就不知道什么叫不打扰吗？就不能大大方方地让她走吗？

第四个论据，是孙悟空变化成的百花羞说自己心口疼，黄袍怪就吐出自己修炼的内丹，给她治病。这个确实能反映出他有体贴的一面，但和接下来我要说的事情一比，真的就不算什么了。

原著写得明明白白，猪八戒和沙和尚打上门来，黄袍怪马上就怀疑，是公主通风报信。原著里说："那怪陡起凶性，要杀公主。"（第三十回）你看，对自己的老婆，居然这么容易就动杀心。这是爱情，还是占有欲？

接下来，黄袍怪见到公主，开口就骂："你这个贱妇！我对你这么好，你怎么只想你父母，更无一点夫妇心？"注意，黄袍怪的所谓爱情，是要求对方完全割舍掉原生家庭，一门心思做自己的附属品。只许你跟我做夫妻，不许你回娘家看父母。这是爱情，还是占有欲？

公主听黄袍怪这么一骂，原著里说她吓得跪倒在地求饶——一被骂就跪倒，说明公主很可能经常被家暴，这是长期形成的本能反应。还没完，接下来黄袍怪带着公主去跟沙和尚对质，这时他的表现是这样的：

> 那怪闻言，不容分说，轮开一只簸箕大小的蓝靛手，抓住那金枝玉叶的发万根，把公主揪上前，掼在地下。（第三十回）

你瞧瞧，你觉得这叫爱情吗？

最后，我们再看当事人百花羞公主对黄袍怪的感情。孙悟空大战黄袍怪之前，还问过公主，说："你跟他毕竟做了十三年夫妻，还有孩子，你舍得他吗？"

公主的反应是："我怎的舍不得他？其稽留于此者，不得已耳！"非常果断坚决，连孩子都不要了。而且，百花羞公主和黄袍怪生的两个孩子，后来被猪八戒和沙和尚从半空扔下来，活活摔死，现场惨不忍睹。小说里居然没有提到百花羞公主对一双儿女惨死的反应——可见这十三年的日子，对百花羞公主来说，就是一场噩梦，她早就受够了。

所以，黄袍怪对待百花羞的方式，是把她扣留在深山老林，强迫她生了孩子，还经常打骂她。这个故事应该上《今日说法》，根本不是什么爱情故事。黄袍怪本质上是一个自以为是的偏执狂，自以为爱百花羞，但根本不顾她的感受，而要求她做自己的附属品，以自己的感受为中心。

香港有一部经典电视剧《大时代》，里面有个经典人物叫丁蟹，他对感情的态度也是这样：我不要你觉得，我只要我觉得。这种偏执男，看似深情，其实非常可怕。现实生活中，一定要注意辨别这种人。

54

唐僧经历的第八十二难是什么？

本篇讲唐僧经历的第八十二难。

你可能会觉得莫名其妙：唐僧历经的是九九八十一难，哪来的第八十二难？其实真的有，原著里也写了。这一难如果取个名字，应该叫"阴魔夺经"。而且，它其实比第八十一难更加凶险。

我们知道，第八十一难讲的是唐僧师徒在回大唐途中忽然跌落云头，落在通天河边。他们坐在老鼋背上渡通天河，结果老鼋提到托唐僧问佛祖的问题，唐僧忘了问，于是老鼋发怒，把唐僧师徒连同经书一起扔进了通天河。

第八十一难看似惊险，其实是有惊无险。因为这是观音菩萨为了凑指标而给唐僧师徒临时加上的，不会让他们有什么闪失。原著里说，渡河前，唐僧师徒在通天河边，沙僧说他们使个神通也就飞过去了。孙悟空却笑着说不行，飞不过去。因为他知道通天河这一难是组织安排的，是必须经历的劫数。不过，既然是组织安排的，那组织也会保证他们几个没事。所以，第八十一难其实算不得真正的劫难，只是走个过场。

但在唐僧师徒从通天河里爬起来、上岸之后，却迎来了真正的考验。只见得：

> 一阵风，乾坤播荡；一声雷，振动山川。一个闪，钻云飞火；一天雾，大地遮漫。（第九十九回）

师徒几人看见这幅景象，唐僧按住了经包，沙僧压住了经担，八戒牵住了白马，孙悟空双手抢起铁棒，左右护持。原著这里说："原来那风、雾、雷、闪乃是些阴魔作号，欲夺所取之经。劳攘了一夜，直到天明，却才止息。"（同上）所谓阴魔，就是暗处里的各路妖魔鬼怪。唐僧战战兢兢，问孙悟空这是咋回事。孙悟空在这里还说了一段很重要的话：

> 师父，你不知就里。我等保护你取获此经，乃是夺天地造化之功，可以与乾坤并久，日月同明，寿享长春，法身不朽；此所以为天地不容，鬼神所忌，欲来暗夺之耳。（同上）

这段话的意思是说：我们保护你取来真经，功德极大，于是我们都可以法身不朽了。但这件事情天地不容，鬼神所忌，那些阴魔们自然就想要来暗中抢夺。

第八十二难其实比第八十一难要凶险得多，是黎明前最后的黑暗。而且这一难并不是组织上安排的，而是唐僧师徒在功德圆满前最后的考验。这种考验，我们在日常工作中其实也经常遇到：很多任务，在我们基本完成、即将交差的时候，会忽然有人跳出来，想要把你的劳动成果占为己有。因为从头开始做事太辛苦了，直接拿走别人的东西多方便！

孙悟空说"天地不容，鬼神所忌"，是什么意思？你做完一个大项目，有可能升职，甚至被破格提拔。这种时候，很多双眼睛都死盯着你，很多张嘴里都嘀咕着你，很多人心里都琢磨着你。你一个不小心，劳动果实就可能被篡夺，大好前程就可能被人夺走，这就叫"天地不容，鬼神所忌"。

如果你是一位职场资深人士，那么请你回忆一下：呕心沥血完成的项目，有没有人抢着"帮"你去跟领导汇报？辛辛苦苦做出的业绩，有没有人说这都是他的功劳？

所以，"阴魔夺经"这一难，看似怪异，其实非常现实，这就是我们每个人都可能遇到的事。这往往也是我们即将完成项目的时候要面临的最后一道劫难。

那我们要怎样才能避免这样的劫难？《西游记》里其实指明了方法。

原著里，阴魔夺经这一关过去之后，孙悟空总结成功过关的原因："一则这经是水湿透了，二则是你（唐僧）的正法身压住，三则是老孙使纯阳之性护持住了。及至天明，阳气又盛，所以不能夺去。"（第九十九回）

这里孙悟空其实说了四个原因：第一个原因是经书被水湿

透了，所以阴魔之风雷飞火皆不能近；第二个原因，是唐僧的正法身压住，就是唐僧用自己已经成佛的法身保护着真经；第三个原因，是孙悟空使纯阳之性，在旁护持；第四个原因，是天亮拂晓，阳气旺盛，阴魔只好退去。

清代道士刘一明在《西游原旨》中对这一段有以下注解：

"一则这经是水湿透了"者，淋浴也；"二则是你的正法身压住"者，温养也；"三则是老孙使纯阳之性护持住了"者，防危虑险也；"及至天明，阳气又盛，所以不能夺去"者，阴尽阳纯，无灾无难也。

这一段是从道家内丹学的角度加以解读的，不过其实放到现实生活中也很有用：

"水湿透了"是指淋浴，但淋浴只是手段，目的是让人头脑清醒、身心愉悦。一件大事快要完成的最后关头，一定要保持头脑清醒，否则就会做错事。

"正法身压住"，这叫作"温养"，是道家内丹术语，大意是集中精神，去除杂念，形成澄明清澈的心境。这种心境有点儿类似现代说的"心流"，可以让人调节到最佳状态，更容易做出正确的判断。

孙悟空使纯阳之性，护持住了，这叫提高警惕，防范风险。最后关头，容易出各种幺蛾子。而且人在最后关头，往往容易得意忘形，这是很多人功亏一篑的主要原因。

最后是天亮了，阳气又盛，所以阴魔不能夺去真经。这说明一个人要想不被阴魔算计，就要把自己放在光明的环境，尽可能让自己的努力被更多正直的人看到。这样即使"阴魔"想要算计你，也会心存忌惮。

唐僧师徒经历的第八十二难，可以说是最凶险的一难。稍不留神，真的可能功亏一篑，为他人作嫁衣裳。所谓"行百里者半九十"，就是这个道理。我们总结一下，这种时候应该做什么呢？一是保持清醒，二是集中精神，三是提高警惕，四是拥抱光明。越是接近最后关头，就越要做到这四点。最后祝愿大家，在自己的人生道路中，能够和唐僧师徒一样，初心不变，功德圆满。

55

《西游记》引发了怎样的跟风浪潮？

　　《西游记》实际上达到了神魔小说的高峰。因为它把神话传说、历史文化和人间世相熔于一炉，赋予神话人物以嬉笑怒骂的人性。这种新奇的写法，在当时引发了一股跟风浪潮。其中跟风跟得最紧的就是《四游记》，即《东游记》《西游记传》《南游记》《北游记》这四本书的合称。看书名应该不难发现，这四本书分明都在蹭《西游记》的热度。

　　这四本书也都是神魔小说，而且都和一个人脱不了干系：余象斗。

　　余象斗是福建建阳（今福建南平建阳区一带）人，主要生活在明朝万历年间。他的身份很复杂，是作家、文学批评家，还是著名出版商。他的文学天赋不低，市场嗅觉也很灵敏。《四游记》就是他策划和出版的杰作。

　　我们挨个来看这四本书。首先是《东游记》，原名《上洞八仙传》，讲的是八仙得道成仙的故事。《东游记》的作者是吴元泰，也是一位通俗小说家。余象斗看他文笔不错，就邀请他写了《东游记》。这种操作手法，和今天的出版商也差不多。

《东游记》的故事，可能是这四本书中大家最熟悉的，这主要归功于一部新加坡同名电视剧。这部电视剧里面，新加坡四大美女就出镜了三位，它的主题曲《逍遥游》也是豪气冲天。电视剧虽好，但主要归功于编剧，《东游记》这本书写得是真不行，读起来就像个人履历。大致形容一下就是："蓝采和，男，曾任赤脚大仙，后下放人间锻炼，考核结果合格，批准重回天界，位列八仙之一。"总之就是没有多少文学魅力。

这本书唯一有点儿意思的地方就是，因为在成仙过程中要受"千年情劫"，所以吕洞宾风流成性，在凡间跟歌伎白牡丹有一段感情纠葛。

为什么八仙的故事要叫《东游记》呢？因为八仙过海，是要过东海嘛。所以才有了《东游记》这个书名。

我们再来看《西游记传》，这本书的作者是杨致和。杨致和写《西游记传》，也是受了余象斗的邀请。《西游记传》和《西游记》虽说只有一字之别，但水平相差万里。

《西游记传》几乎就是对《西游记》做了一些粗糙的删改，相当于精简本。五庄观偷吃人参果、三打白骨精、通天河收服灵感大王等情节，在《西游记传》中都有保留。不过《西游记传》实在太不走心，我列几个回目名出来，大家感受一下：

第二十二回　孙行者五庄观内偷果

你看看，这写得也太粗糙了！所以，《西游记传》可以说是《四游记》中文学价值最低的一部，可能就是把《西游记》改得更简短平易一些，便于增加销量，增加利润。真是隔了几百年，都能听见余象斗老板的算盘珠子声。

再来看《南游记》。注意，《南游记》和《北游记》都是余象斗亲自写的，估计是余老板找不到合适的写手，又或者是他自己一时技痒，决定亲自下场。何况自己写，还可以省下给作者的稿费。

《南游记》原名叫《五显灵官大帝华光天王传》，主角是如来身边的弟子妙吉祥，在道教叫华光天王。他是火神，南方五行属火，所以这本书叫《南游记》。华光天王据说有个俗名叫马灵耀，而且他跟二郎神一样有三只眼。民间有个说法叫"马王爷三只眼"，就是从这里来的。华光天王三次投胎，降妖伏魔，终成正果。这个故事写得一般，这里就不细说了。不过《南游记》里有个细节很有意思，说孙悟空有两个儿子、一个女儿，大儿子叫奇都，二儿子叫罗猴，女儿叫月孛（bó）。月孛还有个法宝骷髅头，她曾经用这个法宝把小说主角打死过一次。大家如果听说孙悟空还有个女儿，那多半就是来自《南游记》。

最后是《北游记》。这部书的原名是《北方真武玄天上帝出身志传》，因为主角真武大帝是北方的神，所以这本书又叫《北游记》。真武大帝在《西游记》里又叫荡魔天尊，身边有龟、蛇二将。你可能会说，龟和蛇在一起不就是玄武吗？没错，其实真武大帝本来应该是玄武大帝，改成真武大帝，是因为宋真宗赵恒。赵恒的继位有合法性问题，这点我在前文提到过。赵恒为了证明自己是天命所归，虚构了一个祖宗叫赵玄朗，说赵玄朗曾经转生为轩辕黄帝，还曾受玉皇大帝之命，赐予宋朝皇帝天书，所以宋朝是天命所归。因为赵玄朗有一个"玄"字，玄武大帝也就为了给赵恒虚构的祖宗避讳，被迫改名为真武大帝了。

总之，这四本书都属于三流小说，但余象斗这个书商很精明，蹭上了《西游记》的热度，还可以跟《西游记》一起捆绑销售。所以说，现在的那些销售套路，咱们老祖宗早就用过了。

除了《四游记》，还不得不提另外一部受《西游记》影响巨大的神魔小说，这本书大家可能更熟悉——《封神演义》。

《封神演义》的作者，现在一般署名许仲琳。但许仲琳的生平几乎没有记录，也有人说作者是明朝江苏兴化的道士陆西星，这里不做讨论。《封神演义》是以武王伐纣为主题的神魔故事，和《西游记》合在一起，恰好与西方《荷马史诗》的故事相似。《封神演义》讲的是人间统治者得罪了女神，引发了神仙与人类共同参与的大战，这个结构很像《荷马史诗》中的《伊利亚特》，也就是特洛伊战争的故事。而《西游记》讲的是一次艰苦的征程，路上要战胜无数妖魔鬼怪，这个结构又恰恰很像《荷马史诗》中的另一个故事《奥德赛》。《奥德赛》讲的是特洛伊战争结束之后，希腊联军的名将、"木马计"的提出者奥德修斯历经十年冒险，最终返回故乡的故事。

《封神演义》和《西游记》有许多共享的神话人物，比如太上老君、哪吒、二郎神等。还有一些人物看似是《封神演义》原创的，其实也明显存在对《西游记》的借鉴，最典型的莫过于梅山七怪之一的袁洪。梅山七怪这个设定，显然源于《西游记》中二郎神的部下梅山七圣，但袁洪的形象，又明显来自孙悟空。袁洪本是白猿，手执一根铁棍，神通广大，能日行万里，这些特征都与孙悟空相似。而且袁洪曾与二郎神恶斗许久，不分胜负，这与《西游记》中孙悟空和二郎神的争斗也如出一辙。

总之，《西游记》问世以后，引发了汹涌的跟风浪潮，明清许多神魔小说，都多少有《西游记》的影子。这也是奠定《西游记》四大名著之一的地位的关键之一。

56

为什么《西游记》能成为中国文学最大的IP？

　　我说《西游记》是中国文学最大的IP，应该不会有太多读者反对。请注意，最大的IP，并不等于文学价值最高的作品。中国文学，尤其是古典文学中，文学价值最高的，公认是《红楼梦》，这个毋庸赘言。但若论在人民群众中的普及程度，以及被改编成其他衍生作品的次数，我相信《西游记》是当之无愧的第一。近些年国内影视作品的改编，仍然在借用《西游记》中的资源。比如2015年的动画电影《大圣归来》，以及2023年动画短片集《中国奇谭》中的第一个故事《小妖怪的夏天》。

　　那么《西游记》为什么会有如此经久不衰的魅力？我想，可能有以下五点原因。

　　第一，简单有力的人物动机。文学人物的行为，需要有动机。对老百姓来说，这个动机需要简单有力。简单，就是一听就能记住；有力，就是一听就觉得有意思，真够劲儿！请注意，这是判定优质IP的标准，而不是衡量文学价值的标准。

我们来比较一下四大名著的人物动机。

《红楼梦》里的贾宝玉、林黛玉这些人，平时都在干什么？为什么要这么干？普罗大众估计一时根本说不上来。

《水浒传》里的梁山好汉，为什么要造反？因为官逼民反。你看，简单有力。但《水浒传》这本书很拧巴，既讲官逼民反，又说投降招安的宋江是"忠义之士"。这就导致《水浒传》里很多具体的故事深入人心，比如风雪山神庙，比如血溅鸳鸯楼；但整本书还讲过些什么，尤其是"英雄排座次"之后梁山还发生过些什么，老百姓其实没什么概念。所以，《水浒传》并不是特别优质的IP，看它影视剧和游戏作品的改编频率就知道了。

《三国演义》里的刘备、诸葛亮为什么那么拼？为了兴复汉室！简单有力。而且《三国演义》的基调很统一，一直到诸葛亮六出祁山，都在坚持兴复汉室。这是《三国演义》成为优质IP的前提，三国题材的影视和游戏改编都很多。

最后是《西游记》。唐僧师徒为什么要西天取经？为了成佛！简单有力。而且对老百姓来说，成佛就能长生不老——这可比兴复汉室更有意思。所以，《西游记》中的人物动机最简单，也最有力。老百姓一听说唐僧师徒，立刻想到西天取经。这是《西游记》的魅力来源之一。

第二，复杂立体的人物塑造。小说的根本使命不是讲故事，重要的是塑造人物。衡量一部作品成败的关键，是人物的塑造成功与否。

四大名著中人物塑造最成功的，当然是《红楼梦》，只要是出场的人物，哪怕是焦大、刘姥姥这样的配角，都让人难以忘怀。相比之下，《西游记》的人物塑造，可能在配角上略逊色一点儿，妖魔鬼怪的性格特征并没有特别强的区分度；但在主角团的塑造上，是绝对成功的。主角们不仅性格鲜明，而且形象复杂立体。

　　唐僧是怎样的性格？基调是文雅、懦弱，但小说中不时一闪而过，揭露他的自私、凉薄。比如他在女儿国误喝子母河水，身怀有孕，第一反应居然是想吃服药，把胎儿打掉。和他一起怀孕的猪八戒，尚且是在求孙悟空找接生婆，免得生孩子时没有准备。文雅、懦弱和自私、凉薄交织在一起，这就是唐僧性格的复杂立体。

　　猪八戒是怎样的性格？基调是懒惰、纵欲，但他也有属于自己的高光时刻。比如在七绝山稀柿衕（tòng），积累多年的烂柿子拦住去路，恶臭无比，当时正是猪八戒变作一头大猪，砥砺前行，拱开了道路。这就是猪八戒性格的复杂立体。

　　沙和尚是怎样的性格？基调是憨厚、诚实。但他在加入取经团队之前，是流沙河杀人不眨眼的魔王，曾吃掉九世取经人，还把他们的骷髅做成项链，挂在胸前——仔细想想，何等恐怖！这就是沙和尚性格的复杂立体。

　　最后当然就是孙悟空。《西游记》本身是两个故事的拼接：一是闹天宫，二是取经记。闹天宫的孙悟空，桀骜、顽皮，而不失天真烂漫，这是对世界的逆反。取经的孙悟空，智慧、世故，而不失慈悲之心。孙悟空是云游学道的懵懂小猴，是占山为王的齐天大圣，是大闹天宫的盖世英雄，是刚毅坚忍的地上行者，也是降妖伏魔的斗战胜佛。我们每个人都会在人生的某个阶段，从孙悟空那里获得共鸣。很多人也一次又一次地爱上孙悟空。这就是孙悟空性格的复杂立体。

所以，复杂立体的人物塑造，是让老百姓记住并谈论一部作品的关键。

第三，丰富多元的场景展现。在四大名著乃至整个中国文学中，《西游记》的世界观应当是最为宏大的，它基本囊括了古人所能想象的整个宇宙：上有三十三重天，中有四大部洲，下有十八层地狱。这种丰富多元的场景，能够极大地满足观众的好奇心，毕竟人总是想要见到更大的世界。当然，场景的丰富多元并不是文学作品所必需的，《红楼梦》的世界只有荣、宁二府，故事依旧动人。正所谓"芥子纳须弥"，《红楼梦》是"芥子"，而《西游记》是"须弥"。但对于成就一个国民级IP而言，场景的丰富性当然是一个重要的加分项。

第四，真实亲切的烟火气息。《西游记》成功的一大要素，是其中的烟火气。猪八戒会偷藏私房钱，只为了给自己做一套新衣裳。被孙悟空发现了，他还嘟嘟囔囔。黄眉大王口渴难耐，还会跟弥勒佛变成的路边瓜农要西瓜吃，吃前还不忘问：这瓜保熟吗？

下面这个例子特别能说明《西游记》的烟火气。金角大王和银角大王那里有几件法宝，都是师父太上老君的日常用具：

紫金葫芦是用来装仙丹的；羊脂玉净瓶是用来盛水的；放在他们干娘压龙山老怪（一个老狐狸精）那里的幌金绳，则是太上老君的腰带。这些法宝，让人颇感亲切。

我们对比一下《封神演义》第六十四回中的这一段：

> 罗宣见子牙众门人，不分好歹，一拥而上，抵挡不住，忙把二百六十骨节摇动，现出三头六臂，一手执照天印，一手执五龙轮，一手执万鸦壶，一手执万里起云烟，双手使飞烟剑。

你看，罗宣一口气祭出五件法宝：照天印、五龙轮、万鸦壶、万里起云烟、飞烟剑。这些法宝都和日常生活无关，看上去让人不明就里，且似乎都和烟火有关，雷同度极高，让人根本记不住。所以，真实亲切的烟火气息，是让故事深入人心的必备元素。

第五，冷静深刻的社会批判。所谓"社会批判"，说白了，就是讽刺。《西游记》中的讽刺几乎随处可见：

车迟国国王，被三个道士迷惑，朝政乌烟瘴气。

比丘国国王，要吃小孩的心肝。

凤仙郡在闹大旱，郡守的府上却存粮无数，甚至能喂饱猪八戒。

观音菩萨的坐骑金毛犼，在朱紫国明明占王后、掳宫女，却没被问责。

金平府就在灵山附近、如来脚下，三只犀牛精居然冒充佛祖在收香油。

阿傩、迦叶在传经之时，居然向唐僧索要"人事"。

凡此种种，不胜枚举。老百姓看到时或会心大笑，或拍案叫好。大笑、叫好之间，《西游记》已成经典，万世流传。

以上是对《西游记》的总结，也可算笔者这本小书的总结。大家在阅读本书时，若能时而颔首微笑，时而掩卷沉思，我愿足矣。